Der Hüttenbock

Jägerlatein einer alten Jägerin

Jägerlatein
ist in der deutschen Sprache eine Metapher für übertrieben dargestellte Erzählungen von Jägern und Jägerinnen über Erlebnisse von und bei der Jagd. Dies etwa in Bezug auf die Zahl oder vor allem auch Größe der erlegten Tiere. Dazu gehört das Erfinden von fiktiven Jagderlebnissen, -begebenheiten und -geschichten.

Daniela Adelheid Ammeter Bucher

Der Hüttenbock

Jägerlatein einer alten Jägerin

Lektorat und Korrektorat: Antje Schönemann/Leoni Bucher
Herstellung und Verlag: BoD – Books on Demand,
Norderstedt
ISBN 9783759742575

Inhaltsverzeichnis

Vorwort

Die Anlehnung an Erlebnisse, Begebenheiten, Personen und Orte sind frei erfunden und rein fiktiv. Alle Ähnlichkeiten mit lebenden oder verstorbenen Personen und realen Handlungen sind *rein zufällig und nicht beabsichtigt.*

Ich glaube ich ging in die erste Klasse, als mich mein Vater das erste Mal zum Bockansitz in sein Revier mitnahm. Das sind jetzt wohl 55 Jahre her. Der hölzerne Hochsitz stand an einem Kirschbaum angelehnt und war mit Seilen befestigt, meine ich mich zu erinnern. Er wackelte, als wir aufstiegen, und ich musste mit meinen noch kurzen Beinen, hohe Stufen überwinden, bis wir endlich oben standen. Ich Plappermäulchen musste versprechen ruhig zu sein. Ein paar Kirschen durfte ich vom nahen Ast naschen. Reden war aber nur erlaubt, wenn es absolut wichtig gewesen wäre und dann nur ganz leise. Mit dem mir in die kleine Hand gedrückten Fernglas durfte ich die Umgebung erkunden. Ich kam mir damit großartig und abenteuerlich vor und durchsuchte tatsächlich jeden Haselstrauch, jedes noch so kleine Tännlein und jedes sonderliche Grasbüschel nach Wichtigkeiten. Schon bald stupste ich meinen Vater am Arm und deutete Richtung Wald. Ich hatte einen braunen Fellfleck mit Ohren ausgemacht. Mein Vater nahm das Fernglas und schaute hindurch in die angezeigte Richtung. Er hauchte: „Sein Sechser-Gehörn ist weit über Lauscher hoch. Leise. Er wird bald zum Äsen austreten."

Er legte sich die Büchse bereit. Geladen hatte er bereits kurz nachdem wir uns oben eingerichtet hatten. Ich hielt mir im gleichen Moment die Ohren zu.

Dieses Erlebnis hat mich nicht davon abgehalten meinem Vater regelmäßig beim Pirschgang und Weidwerk zu begleiten und tatkräftig mitzuhelfen. Seine Kameraden haben mich lang zopfiges, blondes Mädchen gemocht und in ihrem Kreis willkommen geheißen. Haben sie doch gewusst, dass mein Vater stolz auf sein „Dreimädelhaus" war. Bei drei Mädchen hatte er nicht damit gerechnet, dass ein Nachkomme in seine Jäger-Fußstapfen treten würde. Seine Jagdkameraden bestimmt auch nicht. Fünfundzwanzig

Jahre später durfte ich den Jagdlehrgang im Revier machen. Damals war ich als weibliches Wesen der „Neophyt" im Unterholz. (Google bezeichnet damit Pflanzen, die erst seit der Entdeckung Amerikas, 1492, bei uns absichtlich eingeführt oder versehentlich eingeschleppt wurden und in der Folge verwilderten.) Dass ich kurze Zeit später als Pächterin aufgenommen worden bin hat einerseits mit dem Ehrenkodex unter Jagdkameraden zu tun, dass direkte Nachkommen ein ungeschriebenes Vorrecht haben. Es hat auch mit der schweren Krankheit meines Vaters zu tun, der leider kurz darauf an diesem Leiden verstarb. Ein Pächterplatz wurde in der Jagdgesellschaft frei, den ich als Neophyt besetzen durfte. Diese Geschichte widerspiegelt den Zeitgeist dieser Männer Ende des letzten Jahrtausends. War doch ein starker Wille für Gleichberechtigung, Kameradschaft und insbesondere Ehrgefühl vorhanden. Dass nicht jeder das gleiche Verständnis für diese großen Worte der Tugendhaftigkeit hatte, ist nachvollziehbar. Jeder hatte eine eigene Prägung und Vorstellung von Gleichberechtigung, von Kameradschaft, von Ehre.

Heute sind seither 30 Jahre vergangen. Nun hat meine Tochter kürzlich den Jagdlehrgang im gleichen Revier erfolgreich abgeschlossen. „Freude herrscht!" ist der bundesrätlichen Worte nicht genug. Damals sprach sie Bundesrat Adolf Ogi zum ersten Schweizer Astronauten Claude Nicollier auf der Reise mit der Space Shuttle Atlantis ins Weltall.

Heute gehen mir viele Gedanken durch den Kopf.

„Wäre es nicht meines Vaters größter Wunsch gewesen, mit mir das Weidwerk zu pflegen?"

„Ist es nicht auch mein größter Wunsch mit meiner Tochter Weidwerken zu können?"

So blicke ich auf fast dreißig Jahre praktische Jagderfahrung in einem ausgesprochenen Rehwild-Revier zurück und ich fange an zu erzählen. Doch eines sei dem interessierten Leser gewiss, alle Geschichten sind maßlos übertrieben, abgewandelt, geschönt, geschmückt, erdichtet und erfunden.

Das nennt man Jägerlatein. Man weiß nie ganz genau, welche Passage der Wahrheit entspricht. Hat es sich so zugetragen? Man vermutet viel und weiß nie alles. Manchmal sind es maßlos übertriebene Geschichten, die nie passiert sind. Manchmal tun sich menschliche Abgründe auf und dann schüttet man diese ganz einfach wieder zu. Hätte es so sein können?

Latein gilt heute als tote Sprache, die nur noch im Vatikan von den Schwarzröcken gesprochen wird. Viel Spaß mit dieser besonderen Fremdsprache der Grünröcke, dem Jägerlatein.

Zwischendurch habe ich ein paar passende, jagdliche Gedichte gefunden. Diese Form des Ausdruckes schätze ich besonders. Die dichterische Kunst bringt seit hunderten von Jahren vieles auf den Punkt.

Im letzten Kapitel sind die gängigsten Sprichwörter und die jagdlichen Ausdrücke in unsere Umgangssprache übersetzt. Viele Wörter haben abseits der Jagd eine andere Bedeutung. Auf der Jagd werden sie gezielt gesprochen und es ist eine vertraute Sprache der Jäger. Das jagdliche Brauchtum verpflichtet gerade dazu, sich dieser Jagdausdrücke zu behelfen. Vieles wird mit der Jägersprache viel klarer, treffender und ehrenvoller ausgedrückt.

Bei Nichtjägersleuten kann es zu Missverständnissen führen und daraus resultieren durchaus lustige Begebenheiten.

Noch kurz ein Wort zum Titel „Der Hüttenbock". Dieser alte, kapitale Bock, mit ergrautem Haupt und durchaus prächtigem Geweih, schlich immer ums Jagdhaus herum. Er zeigte sich nur dann, wenn das Büchsenlicht schlecht und das Gewehr nicht zur Hand war. Er stand bewegungslos im Einstand hinter dem Blätterwerk eines Haselstrauchs oder versteckte sich unter herabhängenden Fichtenzweigen. Er beäugte das Treiben der illustren Jägerschar oder anderer Jagdhausbesucher und lauschte den waldfremden Lauten und Klängen der Eindringlinge. Das war sein Revier. Er war der Hüttenbock. Ein schlauer, listiger Geselle.

Charakter und Persönlichkeit

Es gibt, so wie überall auf der Welt, Jäger und Jäger – Jägerinnen und Jägerinnen. Wenn ich das so meine, will ich damit keine Wertung abgeben. Es ist wie im richtigen Leben, dass es unterschiedliche Menschen mit ganz mannigfaltigen Motivationen für eine Tätigkeit gibt. Das gilt für das Tun im Allgemeinen und das Jagen im Speziellen.

Jagen wir nicht immer irgendetwas hinterher? Erfolg, Geld, Geltungsdrang, Einfluss, Macht. Jagen wir nicht ein Leben lang einer großen Illusion nach?

Es gibt Jägerinnen und Jäger, die tun es aus Pflichtgefühl gegenüber der Natur, aus Heimatstolz für ihren Ort oder die nahe Region, aus Überzeugung für die natürlichen Kreisläufe, aus Neugierde oder Tatendrang für neue Erkenntnisse und Horizonte, aus Überlegungen der Nachhaltigkeit und einem gewissen Umweltbewusstsein, oder aus dem Gedanken heraus, den Fleischkonsum selber zu erlegen, aus Leidenschaft, aus einem Trieb (Jagdtrieb) heraus, aus Machogehabe und Machtgelüsten, aus Überlegenheit wenigstens einmal der Stärkere zu sein, einfach aus purer Freude an der Natur und Beitrag zum Naturschutz, aus einem Freiheitsdrang heraus, aus Verantwortungsgefühl für das Rundherum oder dann aus Zeitvertreib. Und vielleicht ist jemand einfach so „Reingerutscht".

Ich kenne niemanden, der die Jagd aus Lust am Töten ausübt.

Der eine hat Freude am Schießen, der andere hält sich eher zurück und ist der begeisterte Beobachter der sich stetig verändernden Flora und Fauna. Einer ist gerne unchristlich früh unterwegs, der andere mittags oder abends, nachts oder eben gar nicht. Einer genießt die Einzeljagd auf Sommerbock, Fuchs oder Marder und der andere blüht bei der Gesellschaftsjagd im Herbst auf. Einer ist Schönwetterjäger, der andere geht gerne bei Kälte, Schnee und unwirtlichem Wetter raus. Der eine kennt die jagdbaren Tiere, der andere kennt dazu noch alle Insekten, Vögel, Bäume, Sträucher und Pflanzen. Einer jagt vornehmlich lokal, der andere geht auf Jagdreisen ins Ausland. Während einer das selbst erlegte Wild auch selbst verwertet, erlegt ein anderer das Wild und kauft den Rehrücken dann beim Metzger. Einer ist Herrenjäger und genießt den Stand der Gilde, einer ist Jäger aus tiefster Leidenschaft und Überzeugung, einer lässt aufbrechen, der andere macht die rote Arbeit selbst. Einer pirscht gerne mit dem Pirschstock und seinem Hund zu Fuß durch den Wald, der andere macht Pirelli Pirsch. Einer sitzt stundenlang auf dem Hochsitz oder der Kanzel, während ein anderer den Bodensitz vorzieht und der nächste baumt mit dem Kletterhochsitz auf.

Es gibt Vegetarier, die Jäger sind. Bei selbsterlegtem Wild machen sie die einzige Ausnahme beim Fleischverzehr. Es gibt die Humanisten, die Egoisten, die Narzissten, die Individualisten, die Perfektionisten, die Helfer, die Harmoniebedürftigen, die Prestige-Jäger, die Naturverbundenen, die Freiheitskämpfer, die Geselligen, die Ernsten, die Fröhlichen und eine ganze Reihe mehr. Durchmischt und kunterbunt, wie das Leben. Doch die jagdliche Farbe bleibt der Grünton.

So unterschiedlich wie die Motive als Jäger oder Jägerin sind, so unterschiedlich sind die Persönlichkeiten und Charaktere, die man in der Welt der Grünröcke antrifft. Jagen und das Weidwerk bedeuten auch, sich das Spiegelbild unserer Gesellschaft vor Augen zu halten, sich im Tummelfeld und den Polaritäten von Mensch und Getier aufzuhalten und im Wald und im Alleinsein eines der effektivsten Therapiezentren der Seele zu besuchen.

Jagd bedeutet, sich selbst kennen zu lernen und einen Zugang zu seinem Inneren zu finden. Jagd ist nicht nur Verstandessache. Ein Jäger oder eine Jägerin muss ein großes Herz haben. Und jeder darf seine Seele baumeln lassen.

Und dann sind da langjährige Jagdkameraden. Für mich sind es nicht nur Kollegen. Es sind nicht nur Kameraden. Es sind Freunde. Ihnen vertraue ich.

Vertrauen kommt vom Herzen, während Kontrolle vom Verstand herkommt. Es ist immer das Herz, welches die Grundlage für Freundschaft bildet.

"Nicht das, was einer niederlegt,
nur was dabei sein Herz bewegt,
nur was er fühlt bei jedem Stück,
das ist das wahre Jägerglück."

(Wilhelm Busch 1832 - 1908)

Wieso denn jagen?

Zweifellos haftet der heutigen Jagd oft bloß noch ein sportlich-gesellschaftlicher Charakter an. Dann wird auch der technische Aufwand sehr weit getrieben: vom Sprechfunk über modernste Munition und Waffen, Zielfernrohr, Hochleistungsspektiv mit Distanzmesser bis hin zur Wild- oder Wärmebildkamera über das Allradfahrzeug mit ausfahrbarem Hochsitz oder bisweilen sogar zum Heli- oder Drohnenkopter setzt man alles ein.

Dass es aber ohne Jagd in unseren dicht besiedelten Kulturlandschaften, ohne das Vorkommen von natürlichen Feinden, letztlich nicht mehr geht, haben schon vor dem Fallbeispiel Genf, alle Nationalparks der Welt, einschließlich des Parc naziunal Svizzer, bewiesen.

Wer kennt nicht die zwei unterschiedlich dargestellten Nahrungspyramiden? Bei der einen stehen die Großraubtiere wie Adler, Luchs, Uhu, Wolf und Bär an der Spitze. Während bei der andern der Jäger an die Stelle dieser verschwundenen Raubtiere tritt. Hier soll er dann für das Gleichgewicht zwischen den verschiedenen Pflanzenfressern und Kleinraubtieren sorgen. Sozusagen als ein von der Natur selbst vorgesehener Stellvertreter.

Als einzige Alternative bliebe folglich nur die Wiederaussetzung jener Großraubtiere, die bei uns spätestens seit Ende des 19. Jahrhunderts ausgerottet sind. Wer aber möchte Wolf und Bär in unseren Wäldern begegnen? Bei dieser Frage streckt bestimmt der eine oder andere Illusionist eifrig den Finger in die Höhe. Beobachten immer - doch sich der Gefahr nicht bewusst, an kargen Wintertagen eventuell ins Beuteschema zu passen. Abgesehen davon, lassen sich unserem überzivilisierten Kulturland kaum ihnen zusagende Lebensräume mehr finden. Denn auch die Erschließung durch den Tourismus schreitet immer noch weiter fort. Und der Luchs, das zeigten die Vorkommen in östlichen Ländern lange vor seiner Wiederansiedlung in Obwalden, vermag allein ein Überhandnehmen der Schalenwildbestände und Huftiere nicht verhindern.

Also doch Jagd?

Es ist unbestritten, dass uns jagen Freude macht und Passion bedeutet. Das war schon bei frühen Jägerkulturen so. Aber auch vermeintlich Primitive, welche ursprünglich Jäger waren, sind keine Unmenschen gewesen. Keiner erfreut sich am Leiden sterbender Tiere. Das Quälen galt nie als Ziel der Jagd. Es war schlicht Nahrungsbeschaffung.

In der Kultur vieler Naturvölker und bereits bei der steinzeitlichen Jägerschaft belastete das Töten von Tieren das Gewissen. Es verbreitet sich Furcht vor Vergeltung. Vom Wunsch, sich mit den Seelen der zur Strecke gebrachten Tiere zu versöhnen, um so ihrer Rache zu entgehen, haben wir uns jedoch längst weit entfernt.

Der gewollte Tod eines Rindes, Schweines oder Huhnes bereitet uns im Gegenzug kaum Gewissensbisse. Wir überlassen das Töten professionellen Metzgern. Die unmittelbare Auseinandersetzung mit dem Tier und damit verbunden, es von eigener Hand töten zu müssen, kennen wir heute nicht mehr.

Diese Delegation des Tötens mindert die Werthaltigkeit des hochwertigen Lebensmittels Fleisch zwar nicht, doch sie fördert das gedankenlose Konsumverhalten ins Maßlose.

Ich schätze die fleischverneinende Gruppe von Vegetariern, Veganern und Frutariern. Diese Ernährungstypen machen sich häufig, meist aus ethischen oder gesundheitlichen Gründen viele Gedanken über ihr Essen. Weniger Fleisch zu essen liegt gerade im Trend, viele Ernährungswissenschaftler plädieren für einen gemäßigten Verzehr.

Wer kennt den Flexitarier? Fleisch landet nur selten und bei besonderen Gelegenheiten auf dem Teller. Gerne werden Flexitarier daher auch als Teilzeit-Vegetarier bezeichnet. Allerdings ist diese Gruppe bei „richtigen" Vegetariern und Veganern umstritten. Ihrer Ansicht nach unterscheiden sich Flexitarier gar nicht bis kaum von Omnivoren, also Allesessern. Andere sehen diese wählerische Ernährungsform als Chance, Massentierhaltung und Tierleid zumindest in Ansätzen zu verringern.

„Die Jagd ist für mich ein Privileg
und eine Passion.
Als jagender Allesesser ist sie auch
bewusstes Töten und Fleischgenuss.“

Sicherheit, Kameradschaft, Brauchtum

Sicherheit

„Schlussendlich sind wir mit einer Feuerwaffe unterwegs!" Nimmt das Schießen beim Jagen auch nur einen sehr kleinen und insbesondere kurzen Zeitraum in Anspruch, so muss die Sicherheit und das Vermeiden von gefährlichen Situationen die höchste Sicherheitsstufe einnehmen. Schon die Jagdausbildung legt größten Wert darauf. Ein Kugelfang muss den Schuss, insbesondere den Kugelschuss abfangen. Ich erinnere mich an den damals alten Experten während meiner Jagdausbildung, welcher für das Schießwesen zuständig war. Er wiederholte diesen Satz sicherlich in jedem Ausbildungsjahr: „Ist die Kugel aus dem Lauf, so hält sie kein Teufel mehr auf."

Wie weit fliegt denn nun eine Kugel aus einem Jagdgewehr?

Schießen Jäger auf bis zu 200 Meter entfernte Ziele genau, so können die Geschosse, je nach Kaliber, bis zu fünf Kilometer weit fliegen. Um die Sicherheit zu gewährleisten, benötigen Jäger deshalb einen Hochsitz. Von dem aus schießen sie nach unten, weshalb die Kugeln nicht so weit fliegt und vom Boden abgefangen wird. Doch ein Einschlag auf einem Stein könnte einen weitfliegenden Abpraller auslösen. Auch auf weichem Boden können Geschosse mit dem richtigen Aufprallwinkel abprallen und weiterfliegen. (Das verhält sich dann fast so, wie bei einer Billardkugel.)

Und wie sieht es mit dem Schrotschuss aus?

Der Gefährdungsbereich bei der Verwendung von Schrotkugeln ist 100.000-mal so groß wie der Schrotkorndurchmesser. Schrotkörner der Grösse 2 mm / 3 mm / 4 mm haben einen Gefährdungsbereich von 200 m / 300 m / 400 m. Dies ist die maximale Reichweite einzelner Schrotkörner. Dazu muss die Breitenstreuung beachtet werden. Bei 200 Metern Distanz sind das gerne 100 Meter, also 50 Meter rechts oder links vom Ziel. Schrotkörner der Grösse 3,0 mm dringen nach rund 75 Metern nicht mehr in die menschliche Haut ein. Trotzdem gilt auch beim Schrotschuss der sichere Kugelfang.

Ist nun der Kugelfang ausgemacht, so geht es um das sichere Ansprechen. Es wurden schon Esel für Wildschweine angesprochen und Maulwurfshaufen für Füchse. Und beim zweiten Beispiel hat der Schütze felsenfest behauptet, das Ziel wäre während mindestens einer halben Stunde ständig hin- und her geschnürt. Mir ist das beim Eindämmern im tiefen Wald mit einem speziellen Objekt so passiert. Sicherlich eine halbe Stunde lang habe ich mit der Wärmebildkamera gespiegelt. Das so angesprochene Stück Rehwild bewegte sich zwar nur wenig von der Stelle, doch ich war mir einfach nicht sicher, ob da hinter der Fichte der Bock oder die Geiß in die helle Lichtung austreten würde.

Schließlich durfte ich über mich lachen, dass ich den Bienenkasten solange und so intensiv beobachtet hatte.

Waffen sind steht's mit offenem Verschluss oder gebrochen zu tragen, damit sich jeder überzeugen kann, dass sie nicht geladen sind. Zudem wird erst auf dem Stand und auf dem Hochsitz geladen und Hindernisse werden mit entladener Waffe überquert.

Es ist wichtig zu wissen, welche Wege und Straßen durchs Revier führen, wo sich der Standnachbar aufhält oder aus welcher Richtung die Treiber kommen, denn diese Schussrichtungen sind grundsätzlich tabu. Seinen einmal eingenommenen Stand nicht zu verlassen ist ebenso Ehrensache wie Sicherheitsmaßnahme, wie mit dem Standnachbar durch einen kurzen Hornklang Kontakt aufzunehmen.

Gute Kameraden können sich auf diese gut tauglichen Grundsätze verlassen und „rieselt" es trotzdem Mal im hohen Blätterwald hört man großzügig darüber hinweg oder macht den Kameraden kurz darauf aufmerksam. Es passiert auch nur sehr selten.

Kameradschaft

Kameradschaft bezeichnet die Beziehung innerhalb einer Gruppe und in der Jagdgesellschaft. Diese ist von gegenseitiger Solidarität geprägt und von einem Gruppengefühl. Wenn Solidarität die Haltung zu gemeinsamen Zielen ausdrückt, so hat das Gruppengefühl mit dem seelischen Empfingen und der inneren Verbundenheit der Gruppenmitglieder zu tun. Verbundenheit basiert auf Vertrauen. Vertrauen kommt vom Herzen, braucht Transparenz, offene Kommunikation, ehrliches Verhalten, echtes Interesse aneinander und nicht zuletzt Zeit. Jeder kennt den Spruch: «Vertrauen ist gut, Kontrolle ist besser.»

Weil Kontrolle eine Verstandessache ist, welcher wenig Vertrauen zugrunde liegt, wird natürlich auch kontrolliert.

Über Kameradschaft im militärischen Kontext spricht das World Wide Web von einer Gefahrengemeinschaft und von soldatischer Pflicht. Die Gruppe ist meist männlich zusammengesetzt und untereinander konkurrierend. Das bedeutet im

Umkehrschluss, dass Kameradschaft befohlen werden kann.

So können in einer Jagdgesellschaft im Thema Sicherheit alle Vorkehrungen und Maßnahmen getroffen worden sein. Der Abschussplan wird problemlos erfüllt und das Brauchtum wird ins Detail gepflegt. Das sind grundsätzlich gut messbare Werte. Doch Kameradschaft kann nicht befohlen werden. Weil Vertrauen, die Basis von Kameradschaft ist. Vertrauen gewinnt man tröpfchenweise, während man es literweise verliert. Hier zählen Glaubwürdigkeit, Ehrlichkeit, Offenheit, Großzügigkeit, Transparenz und Kommunikation.

Brauchtum

Die Pflege der Jägersprache und des Brauchtums hebt den Stand der Gilde und jede Gesellschaft handhabt das doch sehr unterschiedlich.

Ich habe von Gesellschaften gehört, die vor 40 Jahren ihren Jungjäger zum Holzhacken einteilten. Wie groß dieser Holzhaufen war, weiß ich natürlich nicht. Im Gegenzug soll der aktuelle Jagdlehrgänger zum «Jäten» beauftragt werden. Wieso hat nun keiner diesen Auftrag der frisch ausgebildeten jungen Dame erteilt? Wohl ein Zwiespalt zwischen Brauchtum und Moderne?

Über solche brauchtumsgeschwängerten Ideen darf laut und herzhaft gelacht werden. Auch über den Geistreichtum der vermeintlich Gutgemeinten, die sich solche Sachen ausdenken. Brauchtum fängt da an, wo die Grüne Gilde ehrenvolle Tätigkeiten mit tieferem Sinn ausführt. Brauchtum hört dort auf, wo Füße geküsst werden sollen, Gesellentum der Sklaverei ähnelt und Unterwürfigkeit demonstriert werden soll. Wir leben und jagen heute und wir sind definitiv im zweiten Jahrtausend angekommen.

Noch ein Wort zum Jägerschlag

Beim Jägerschlag wird er oder sie nach bestandener Jägerprüfung zum Jungjäger geschlagen. Hierzu berührt der Jagdherr mit dem Hirschfänger die Schultern des Jungjägers. Dazu wird folgender würdevoller Jägerspruch gesprochen.

«Der erste Schlag soll dich zum Jäger weihen.
Der zweite Schlag dir Waidgerechtigkeit verleihen.
Der dritte Schlag sei ein Gebot:
*Was du nicht kennst, das schiess nicht **tot**.»*

(Wilhelm Busch 1832 - 1908)

Vom Spiegel und von der Schürze

Sich über ruhendes Wasser zu beugen und den eigenen Widerschein im Wasser zu betrachten, bot den Menschen seit Urzeiten die Möglichkeit, das eigene Antlitz zu erforschen. Als der Jüngling Narziss, gemäß diesem römischen Mythos zum ersten Mal sein Spiegelbild im Wasser erblickte, verliebte er sich, in seinen eigenen Widerschein. Bis heute steht sein Name für Menschen mit einer aufgeblähten Selbsteinschätzung.

Der Blick in den Spiegel hat jagdlich kaum Bedeutung. Vielleicht gerade so viel, dass man noch den Hut zurechtrücken kann, bevor man die gute Stube verlässt, damit der erste Eindruck auch wirklich stimmt. Der zählt bekanntlich.

Der Blick auf den Spiegel zählt da schon eher. So hat der Spiegel im jagdlichen Sinne nichts mit Selbstverliebtheit zu tun. Zwar spricht der Jäger gerne von spiegeln, wenn er durch sein Fernglas schaut. Sein Fernglas würde er aber niemals seinen Spiegel nennen. Und der Ausspruch: „Wenn Du nach Fehlern suchst – benutze einen Spiegel und kein Fernglas", kommt zwar der Wahrheit nahe, doch bringt die Auflösung auch nicht weiter. Es wird fleißig gespiegelt und Wild angesprochen, doch nein der Spiegel im jagdlichen Sinne ist ganz etwas anderes.

Spiegel nennt der Jäger das helle, weiß gefärbte Hinterteil des Rehwildes. Wenn ein Stück Rehwild vertraut oder hoch flüchtig anwechselt und dann davonzieht, sieht man oftmals nur noch den Spiegel.

Auch die Schürze hat auf der Jagd nichts mit Küchenarbeit zu tun. Obwohl das Wildbret fachgerecht zerwirkt und fein zubereitet sein will. So mancher Jäger und Freund der Kulinarik hat sich da schon die Schürze umgehängt und sich mit der Bratpfanne vertraut gemacht. Man konnte ihn oder sie nur mit Überredungskünsten vom Kochherd weglocken und musste ihn oder sie bestimmt und höflich bitten die Schürze nun doch zur Seite zu legen.

Das jagdliche Brauchtum und die Jägersprache messen der Schürze eine ganz andere Bedeutung zu.

Beim weiblichen Tier beziehungsweise bei dessen Hinterteil, ist dann noch die

"Schürze" sichtbar. Das ist das helle Haarbüschel, welches über dem weiblichen äußeren Geschlechtsorgan liegt.

Betrachtet man ein Reh im Winterhaar von hinten, so sieht das weiß gefärbte Hinterteil beim männlichen Reh nierenförmig aus. Das des weiblichen Rehs ist aufgrund der Schürze herzförmig.

So. Das war doch jetzt ein toller Exkurs von römischen Mythen zum eigenen Spiegelbild und über die gute alte Küche zum Hinterteil des Rehwildes bis hin zu seiner Schürze.

So spannend und weitläufig können Jagd, Brauchtum und Jägersprache sein.

Blume, Lampe, Löffel, Lichter

(Verfasser unbekannt)

Die Toilette mit Drum und dran
spricht er als Hochsitz und Anstand an.
Ein Zustand! - Was hat, so frag ich Sie nun,
die Toilette mit Anstand zu tun?

Und abends fängt er stets an zu balzen,
zu lecken und mit der Zunge zu schnalzen.
Er streicht zuerst seine Schuppe glatt,
dann tippt er mich vertraulich aufs Blatt;
zuletzt beklopft er mir neckisch den Rücken
und sagt: "Hasi's Blume ist zum Entzücken!"

Er schneidet mir noch ein paar dumme Gesichter,
gähnt recht vernehmlich und reibt sich die Lichter,
worauf er den Balg jetzt wechseln geht,
worunter er "Auszieh'n" und "Umzieh'n" versteht.
Bevor ich das alles noch richtig erfasse,
kriecht er mit "Waidmannsheil" in die Sasse.

Die Blutwurst ist Schweißwurst bei ihm geheißen,
weil Tiere der Jagd statt zu bluten stets schwei-
ßen.
Blut heißt also Schweiß, Schweiß wieder Schaum,
was Schaum heißt, weiß er wohl selber kaum.

Wie könnt er den Hasen Lampe sonst nennen!?
Der Lampe hat Lichter, die nicht einmal brennen.
Auch Löffel hat er, und zwar ohne Stiel,
und eine Blume am hinteren Profil.

Die Feldhasenpopulation ist im Kanton Luzern seit langer Zeit markant rückläufig. Mit dem Moratorium aus dem Jahre 2019/2020 will RJL (Revierjagd Luzern) die Möglichkeiten der Jägerschaft nutzen, den Feldhasen in der Landschaft wieder präsenter werden zu lassen. So steht es auf deren Webseite.

Der Feldhase wird also im Kanton Luzern von der Jägerschaft nicht bejagt. In Deutschland nennt man ihn oftmals Meister Lampe. Mit Lichtern bezeichnet man seine Augen, die Blume ist sein weißer Stummelschwanz und die Ohren werden Löffel genannt.

Weitere Einflussfaktoren der geringen Bestände sind die Hasenpest, die intensivere Bewirtschaftung der landwirtschaftlichen Flächen, der Straßenverkehr oder die starke Zunahme der Greifvogelbestände.

Effektiv geht es darum, dass die Häsinnen ihre Jungen in diese großen Getreideflächen setzen, damit sie vor Räubern besser geschützt sind. Ein schmaler Streifen erfüllt diesen Zweck nicht, da er so auch zu wenig Schutz bietet. Der Feldhase ist eine Tierart, die definitiv in die Natur gehört.

RJL will die Bejagung des Feldhasen nicht abschaffen. Aber sie will einen sinnvollen Beitrag leisten, die ökologische und biologische Entwicklung des Feldhasen besser kennenzulernen, um daraus später eine gezielte Bejagung abzuleiten.

Der wilde Hase schlägt bei der Flucht oft im Zickzack Hacken. Auch der geübte Jägersmann weiß nie genau, ob Meister Lampe jetzt nach rechts oder nach links, beziehungsweise nach zick oder nach zack rennt.

Das untenstehende Gedicht stammt von Ernst Jandl, einem der wichtigsten deutschsprachigen Lyriker und Sprachkünstler des 20. Jahrhunderts.

Dass Jandl ein Jäger war, ist reine Vermutung. Die Thematik der Hasenjagd hat er auf alle Fälle gut erfasst.

Lichtung

**Manche meinen
Lechts und rinks
kann man nicht
verwechsern.
Werch ein Illtum!**

(Ernst Jandl 1925 - 2000)

Wenn Blei auf Blech trifft

Da waren wir doch wieder einmal an einem verlängerten Wochenende im schönen Vintschgau im Kurzurlaub. Das italienisch-deutschsprechende Südtiroler Hochalpental hätte mehr zu bieten wie nur drei Übernachtungen in diesem großartigen Hotel. Wir kennen die Hotelbesitzer seit vielen Jahren und wir genießen dadurch eine vertraute und familiäre Ambiance. Da wir, der Hotelier und ich, beide Jäger sind, erzählen wir uns Geschichten, die mit Bestimmtheit wirklich lieber in der Jagdhütte bleiben müssten. Doch jedes Jagdhaus hat bekanntlich auch Ohren. Trotzdem ist es wichtig, richtig und gut, wenn keine Rückschlüsse auf weniger glanzvolle Kapitel eines Jagdjahres und damit einer Jagdgesellschaft gezogen werden können. Einzelne Jagdkameradinnen und Jagdkameraden möchte man ja schon gar nicht diffamieren und bloßstellen. Zwar wissen es alle, doch man spricht nicht darüber. Punkt, fertig.

Der Hotelier und Wirt Seppl erzählt uns also von seinem weitläufigen Revier und, dass er und seine Gattin die Marei, sich an

ruhigen Tagen durchaus auch Pirsch-
gänge unter tags oder über die Mittagszeit
gönnen und erlauben können. Weil er eine
hochkarätige Küchenmannschaft habe
und einen exzellenten Chefkoch, wären sie
dazu in der Lage. Unsere Gaumen könnten wahre Hochgesänge auf diese Mann-
schaft frohlocken. Ja es stimmt, wir kommen immer mit ein paar Kilo mehr auf den
Rippen nach Hause.

Schon beim letzten Besuch hatte er mir
seine neue Jagdwaffe gezeigt und stolz einen wirklich kapitalen Bock mit abnorma-
lem Gehörn hervorgeholt. Ich war sichtlich
und mit weitgeöffneten Augen erstaunt
über solche Trophäen.

Zurück zum mittäglichen Pirschgang. Er
war mit anderen lokalen Jägern und drei
Jägerinnen, wie er stolz verkündete, seit
2006 in diesem prächtigen Revier Pächter.
Eigentlich waren es vornehmlich ortsan-
sässige Persönlichkeiten, die der Jagd
schon aus Tradition nachgingen. Der
Metzger, der Inhaber des örtlichen Säge-
werkes, der Herr Fabrikant, der Auto-
händler, der Bäckermeister, der Bauarbei-
ter und ein paar wenige Auswärtige seien

seit vielen Jahren schon dabei. Schon seit 1974 wäre er Wildabnehmer für sämtliche erlegten Tiere dieser hochwohlgeborenen und erhabenen Jagdgesellschaft. Und wahrlich, im Laufe der vielen Jahre konnten wir uns schon viele Male an köstlichen, jagdlichen Gaumenfreuden und kulinarischen Höhenpunkten erfreuen. Die Preiselbeeren waren selbstgemacht, die Spätzle sowieso und sämtliche reichhaltigen Beilagen kamen frisch zubereitet aus der Küche. Das Wildbret war erstklassig abgehangen, zerwirkt und gelagert. Der Seppl verwöhnte uns immer großzügig und überraschenderweise mit speziellen zusätzlichen „Bringsl" und wir fühlten uns sehr gut aufgehoben und seine Gattin Marei hielt ein besonderes Auge auf unser Wohlergehen.

Doch wieder zurück zum mittäglichen Pirschgang. Man stelle sich doch vor, so der Seppl, es hätte seit ein paar Jahren nun einen Jägerkameraden dabei, der einen ganz besonderen Ruf genieße. Bei der Jagdgesellschaft auf der anderen Talseite wäre er ein paar Jahre dabei gewesen. Er wäre ein fleißiger Schaffer und er mache wirklich viel. „Dieser Mann sieht die

Arbeit." Es gäbe nun aber Leute, die sagen: „Du pass' auf, der macht viel, doch eigentlich macht er alles." Wobei der Seppl bei diesem Satz mit dem linken Auge zwinkerte, als wolle er sagen, dass er alles mache, was Gott verboten hätte. Seine rechte Hand macht mit offenen Fingern ein paarmal eine halbe Drehbewegung aus dem Handgelenk heraus. Jeder, der die Körpersprache ein bisschen lesen kann weiß, was das heißt. „Dass man es eben doch nicht so genau weiß."

Spannende Geschichte, dachte ich meinen Gedankenblitz zu Ende. Ich fragte mich, was denn jetzt wohl die Pointe sei. „Ob Du's nun glaubst oder nicht. Mir wurde auf die Autohaube geschossen!" sprach der Seppl weiter. „Wie, wo, was?" Nun wollte ich es ganz genau wissen. „Sapperlot und Kruzifix. Der Einschuss war deutlich zu sehen. Ich habe das Auto dann halt in die Carrosserie-Werkstatt gebracht zum Flicken. Über 3000 Euro hat mich der Spaß gekostet. Seitdem kommt die Marei gar nicht mehr gerne mit zur Gummipirsch. Die sei vorne rechts im Auto gesessen, als es knallte. Die hat richtig Angst gekriegt." „Ja, weißt Du denn wer das war?" Der Seppl verneinte. Meinte aber, er hätte da schon einen Verdacht. Auf alle Fälle sei es dort passiert, wo er wisse, welche Jagdkameraden dieses Gebiet bejagen würden. Und dann gäbe es noch einen alten Waldbesitzer in der Nähe, dem würde er es eigentlich auch zutrauen.

Auf meine Frage nach der Motivation eines so gefährlichen Schusses meinte Seppl nur, dass es bei ihnen im Südtirol halt schon viel Neid und Missgunst gäbe. Er glaube nicht an einen Fehlschuss, schon eher an einen ganz genau platzierten Vergrämungsschuss. „Ja und wie geht ihr im Südtirol und insbesondere mit so einer Situation nun um?" wollte ich wissen. „Es ist wohl das Beste, wenn man nicht darüber redet," hätte der Präsident gemeint. Anscheinend haben alle ausnahmslos und zustimmend genickt. Und man ging zur Tagesordnung über.

Die Frage nach einem Foto, welches das Ereignis dokumentierte, verneinte Seppl. Er sei halt mit dem Handy nicht so bewandert. Zudem würde die Carrosserie-Werkstatt ja jeden Schaden sehr genau fotographisch festhalten, was dann für zehn

Jahre einsehbar sei. Und nein, man habe natürlich jeden in der Gesellschaft gefragt, ob er zur mittäglichen Zeit im Revier gewesen sei. Das hätte jeder verneint. Und jaja, ein solcher Schuss aufs Auto sei ein Strafdelikt, welches von Amtes wegen in Italien geahndet werde. Wenn nur die Carabinieri nichts davon mitbekämen. Er hätte zwar einige Freunde bei denen. Es wäre schon von Berufswegen ein Vorteil mit der Polizei gut Freund zu sein.

Solche Vorkommnisse und insbesondere solche Geheimnisse zu hüten, kitte eine Gesellschaft auch zusammen, meinte Seppl. So spiele die Gruppendynamik. Und diejenigen, die wegen so einem Schuss Angst bekämen, müssten dann halt das Weite suchen.

Ob Seppl diese Aussage aber wirklich auch so meinte, wie er sie da so selbstsicher und ohne Zweifel aussprach, ließ mich ein wenig erschaudern und ich merkte, wie sich meine Nackenhaare aufstellten. Ich zweifelte nicht an seiner Erzählung. Ich schauderte an der Kaltblütigkeit und Unverfrorenheit des Schützen, der mit so einer Aktion durchkommen sollte. Die anschließende Frage stellte ich mir nur im Kopf: „Wie weit würde so ein Schütze gehen, um zu seinem vermeintlichen Recht zu kommen?"

Gerade kam die Marei zu uns an den Tisch, um zu fragen, ob wir noch eine Bestellung machen möchten. Als sie zu hören bekam, über was wir plauderten, nickte sie nur dezent. Sie senkte die Augen und setzte einen tiefen Seufzer ab. Mein Mann bestellte für uns vier eine Flasche Jägermeister. Marei brachte das edle Gesöff und setzte sich zu uns an den Tisch.

„Wohl bekomm's und weiterhin viel Weidmannsheil," prosteten wir uns voller Lebensfreude mit der linken Hand zu.

Dryocopus martius und der Bunte

Wie der Seppl seine hintertriebenen Widersacher nennt, hat er mir nach der Flasche Jägermeister am runden Tisch im Vertrauen verraten. Er nennt sie Schwarzspechte.

Den Schwarzspecht habe er gewählt, um jemanden zu beschreiben, wie er überall auf der Welt anzutreffen sei? Kein Einzelfall, kein Sondermensch, nach außen nett, aber im tieften Innersten ein gefährlicher Mensch. Jähzornig, verlogen, hinterhältig, listig und mit allen Wassern gewaschen. Mit schlechtem und zwiespältigem Ruf, charakterlosem Schandmaul und einem ausgeprägten Ego. Da könnten sich die Hunderüden, wenn sie das Bein zum Markieren heben, gar noch eine Scheibe abschneiden. „Aber Du kannst sicher sein, zuletzt fällt er immer in die Opferrolle. Das ist seine Taktik." weiß Seppl über solche Menschen zu berichten.

Für ihn sei es die höflichste Wortform, von einem so toxischen Menschen in der Metapher des Schwarzspechtes zu berichten. Die Wahl und der Vergleich zu diesem Vogel sei deshalb gefallen, weil dieser weder gefährdet noch unter speziellem Artenschutz stehe. Er sei so groß wie eine Krähe, weder kräftig noch besonders intelligent und eher ein Einzelgänger. Zudem habe seine Großmutter, Gott hab sie selig, schon immer von Schwarzspechten gesprochen.

Für Seppl scheint der „Dryocopus martius" für die Beschreibung von toxischen Menschen eine gute Wahl zu sein. „Diese Menschen sind einfach so, ändern kann sie keiner." Ich selbst kenne den Ruf und den Flug und das Aussehen des Schwarzspechtes nur allzu gut. Ich habe ihn schon viele Male gesehen, gehört, beobachtet. Trotzdem habe ich im Internet über diesen Vogel ein bisschen recherchiert, um mehr zu erfahren. Hören wir, was der Ornithologe dazu meint.

Der Schwarzspecht (Dryocopus martius) zählt zur Familie der Spechte, welche allesamt Höhlenbrüter sind. Sie zimmern sich, von wenigen Ausnahmen abgesehen, ihre Nisthöhlen selbst. Der hoch entwickelte Schwarzspecht ist der größte Specht in unseren Breiten. Inklusive

Schwanz wird er bis zu 50 Zentimeter lang.

Der krähengrosse Schwarzspecht ist die grösste europäische Specht Art. Mit dem einheitlich schwarzen Gefieder, dem roten Scheitel, dem mächtigen, elfenbeinfarbenen Schnabel und der hellen Iris ist er kaum zu verwechseln. Trotz seiner Grösse bekommt man den scheuen Vogel nicht oft zu Gesicht. Er ist ruffreudig und verfügt über zahlreiche verschiedene Lautäusserungen. Gerne zerhackt er morsche Holzstümpfe, entrindet frische Strünke und insektenbefallene Bäume und meisselt tiefe Löcher in kernfaule Fichten.

Viele Tiere sind von dem großen Specht abhängig, sie belegen die gezimmerten Baumhöhlen als „Nachmieter". Doch der Schwarzspecht kann nur da vorkommen, wo große Waldflächen noch zusammenhängen und Bäume alt werden dürfen. Hier kann man das laute Trommeln des eleganten Vogels noch hören.

Merkmale

Etwa krähengroßer Vogel mit schwarzem Gefieder. Das Männchen hat einen roten

Scheitel, das Weibchen hat einen roten Genickfleck. Der Schnabel und die Iris

sind hell. An den weittragenden Rufen und dem stark wellenförmigen Flug ist er leicht zu erkennen.

Aussehen

Der etwa krähengroße Specht ist durch seine Größe und seine Färbung unverwechselbar. Er besitzt ein komplett schwarzes Gefieder und einen hellen, Meissel förmigen Schnabel. Die Geschlechter unterscheiden sich durch ihren Scheitel, der beim Männchen komplett rot ist, während beim Weibchen nur der hintere Teil rot gefärbt ist.

Verhalten

Er ist ein scheuer Bewohner großer Wälder, der jedoch durch seine Stimmfreudigkeit und seine Gestalt auffällt. In alte Bäume zimmert er eine Höhle mit ovalem Eingang, die er mit Holzspänen auspolstert.

Fortpflanzung

Die Nesthöhle wird 30 bis 55 cm tief in die Stämme gebaut. Ende März oder Anfang April legt das Weibchen 2 bis 6 spitzovale, weiß glänzende Eier. Schon nach 12 bis 14 Tagen schlüpfen die Jungen, die entsprechend der kurzen Brutdauer noch nicht weit entwickelt sind. Ihre Nestlings Dauer beträgt in der Regel 27 bis 28 Tage. Schwarzspechte brüten einmal pro Jahr, bei Gelege Verlust kommt es jedoch zu einer Ersatzbrut.

Lebensraum

Der Schwarzspecht kann vor allem in alten Buchen- oder Mischwäldern beobachtet werden. Aber auch in Nadelwäldern mit älteren Bäumen fühlt er sich zu Hause. Die Baumart ist weniger entscheidend. Wichtiger ist die Größe des Waldes und das Vorhandensein von alten Bäumen, welche gerne über 80 Jahre alt sein können.

Gefährdung

Schwarzspechte sind nicht gefährdet.

Zugverhalten

Schwarzspechte sind Standvögel und daher auch im Winter in unseren Wäldern zu finden.

Nahrung

Auf dem Speiseplan des Schwarzspechtes stehen baumbewohnende Insekten, vor allem Käfer und ihre Larven. Gerne liest er auch Ameisen vom Boden auf oder untersucht umgefallene Bäume nach Fressbarem. Spechte sind vielseitig. Sie knacken Nüsse in der selbstgebauten Schmiede, zapfen Rindensaft aus Bäumen und zimmern Nisthöhlen, in denen auch viele andere Tierarten Unterschlupf finden.

Stimme

Am auffälligsten ist der Gesang des Schwarzspechtes, der an das Lachen des Grünspechtes erinnert. Er hat aber einen verzögerten Anfang und klingt klagender. „kvoih-kvih-kvih-kvih". Im Flug hört man gelegentlich ein hohes „krrück", welches einige Male wiederholt wird. Das Trommeln des großen Spechtes ist kräftig und über einige Kilometer hörbar.

Beobachtungstipp

Trotz seiner Größe ist der scheue Specht gar nicht so leicht zu entdecken, seine auffällige Stimme verrät ihn jedoch. Suchen Sie einen großen Wald mit vielen älteren Bäumen auf und prägen Sie sich vorher den Ruf gut ein. Die besten Chancen haben Sie im März und April, wenn die Bäume noch nicht belaubt sind und der

Specht durch die Balz sehr stimmfreudig ist. Da wo Totholz nicht direkt aufgeräumt wird, fühlt sich der Specht am wohlsten.

Spechte im Vergleich

Begegnet uns im Garten ein Specht, ist es wahrscheinlich ein Buntspecht, denn er ist mit Abstand der häufigste seiner Familie. Mit Mittel- und Kleinspecht kommen aber noch zwei recht ähnliche Arten vor. Auch Grün- und Grauspecht sehen sich zunächst zum Verwechseln ähnlich.

Liebeswerbung mit dem Presslufthammer

Wer ab Mitte Februar im Wald spazieren geht, sollte nicht nur die Augen, sondern auch die Ohren offenhalten, denn die Balzzeit der Spechte ist in vollem Gange. Vor allem Bunt- und Schwarzspecht markieren jetzt akustisch ihr Revier.

Gewiefte Handwerker

Vögel erweisen sich als Handwerks-Multitalente. Sie hämmern, bohren und hacken und setzen dazu auch Werkzeuge ein. Und manche Vögel betätigen sich sogar künstlerisch.

Trommelnde Höhlenbauer

Wer im Vorfrühling einen Waldspaziergang macht, wird fast zwangsläufig das Trommeln der Spechte hören. Dieses Geräusch macht dem Naturfreund klar, dass der Frühling im Anmarsch ist.

Gehirn

Das Gehirn von Spechten ist winzig. Damit sinkt das Risiko einer Verletzung. Zum einen liegt das Gehirn der Vögel nicht direkt hinter dem Schnabel, sondern oberhalb. So wird es nicht von der ganzen Wucht des Schlages getroffen. Zum anderen haben Spechte ein winziges Denkorgan. Meist wiegt es nicht einmal zwei Gramm.

Wie schützt der Specht sein Gehirn?

Nach landläufiger Meinung haben die Vögel dafür eine Art Stoßdämpfer im Schädel, der die Wucht der Schläge abmildert. Doch neue Analysen widerlegen dies nun. Sie enthüllen, dass der Specht Kopf eher wie ein steifer, komplett ungedämpfter Hammer funktioniert.

Sind Spechte schlau?

Spechte sind tatsächlich sehr schlau und gewöhnen sich auch sehr schnell an diverse Abschreck-Mechanismen.

Welches Tier frisst Spechte?

Habicht und Marder sind die größten Feinde der Spechte. Nicht nur Jungtiere fallen ihnen zum Opfer, auch die Gelege werden immer wieder geplündert. Auch Wanderfalken, Uhus oder Sperber fressen Specht-Eier und Nestlinge.

Wie oft kann ein Specht in der Sekunde klopfen?

20 Schläge pro Sekunde können Spechte ausführen. Da stellt sich fast automatisch die Frage: Muss das nicht eigentlich wehtun? Bei uns Menschen wären Kopfschmerzen sicherlich noch die harmloseste Folge, wenn man bedenkt, dass der Aufprall des Schnabels mit ca. 25 km/h erfolgt.

Wieso haben Spechte keine Gehirnerschütterung?

Der Specht spannt kurz vor dem Aufprall seine Muskeln an, und nimmt so größtenteils die Energie auf. Während das Gehirn des Menschen bei einem Schlag gegen die Schädeldecke prallt und dadurch die Gehirnerschütterung entsteht, ist dies beim Specht nicht der Fall, weil sein Gehirn weniger Bewegungspeilraum hat.

Noch ein Wort zum Buntspecht, des Schwarzspechts kleinem Bruder.

Er ist mit dem Schwarzspecht verwandt, da er zur Familie der Spechte gehört. Buntspechte messen vom Schnabel bis zur Schwanzspitze maximal 25 Zentimeter und wiegen 74 bis 95 Gramm. Weil ihr Gefieder auffällig schwarz-weiß-rot gefärbt ist, sind sie wirklich kinderleicht zu erkennen.

Typisch auch für ihn sind die spitzen, gebogenen Krallen an den Füßen, mit denen sie gut an Baumstämmen klettern können. Zwei Zehen zeigen nach vorne, zwei nach hinten. So können sich die Vögel an Ästen und Baumstämmen gut festhalten. Buntspechte haben noch eine Besonderheit: Sie besitzen eine ungewöhnlich dicke Haut.

Wo lebt der Buntspecht?

Buntspechte sind die bei uns häufigste
Specht Art. Buntspechte finden man in
Laub- und Nadelwäldern, aber genauso
gut in Parks und Gärten - also überall

dort, wo es Bäume gibt. Meist sieht man sie aufrecht an Ästen sitzen oder geschickt an Stämmen empor laufen. Wenn sie nach unten wollen, laufen sie niemals mit dem Kopf voran, sondern klettern rückwärts hinunter. Buntspechte sind keine großen Flugkünstler. Sie können natürlich fliegen und ihr wellenförmiger Flug ist unverkennbar. Aber sie legen keine großen Strecken zurück, sondern bleiben meist in ihrem Revier und klettern dort auf den Bäumen umher.

Wie kommuniziert der Buntspecht?

Rufe wird man von Buntspechten kaum hören, höchstens kurze Kick- oder Kix-Laute. Dafür ist das Trommeln der Buntspechte unverkennbar. Meist folgen 10 bis 20 Schläge blitzschnell aufeinander.

Was sind Specht Schmieden?

Spechte mögen Früchte oder hacken Löcher in die Baumrinde, um Baumsäfte zu trinken. Im Winter, wenn es nur wenige Insekten gibt, fressen Buntspechte Samen, Nüsse und Beeren. Samen aus Zapfen und Nüsse müssen sie vor dem Fressen mit dem Schnabel knacken: Sie halten

Nüsse und Zapfen aber nicht mit dem Fuß fest, sondern klemmen sie in Spalten oder in selbst gehackten Löchern in Ästen und Stämmen ein. Solche Spalten und Löcher nennt man dann Specht Schmieden.

So erklärt gibt es also Schwarzspecht, Buntspecht, Grünspecht und viele weitere. Diese Vogelfamilie enthält 35 Gattungen und mehr als 250 Arten.

Seppls Jagdschwester

Wenn wir im Südtirol sind, so besuchen wir auch immer Seppls Schwester Adele. Eigentlich ist es seine jüngere Halbschwester. „Gleiche Mutter, anderer Vater," pflegt er jeweils zu verifizieren. Sie ist eine der ersten Jägerinnen in dieser Region. Zusammen hatten sie damals die Jagdprüfung absolviert. Es brauchte seine ganze Überzeugungskraft, seinem Vater das Zugeständnis abzuringen, dass Adele sich mit ihm zum Jagdlehrgang einschreiben durfte. Der selbstjagende Vater rümpfte gewaltig die Nase. Doch die Mutter war schon lange überzeugt, dass das für beide von den Halbgeschwistern der richtige Weg sei. Na, so dann.

Das gemeinsame Lernen und Weidwerken in der Natur habe beide für immer richtig zusammengeschweißt. Sie seien nicht nur Halbgeschwister, sondern richtige Seelenverwandte geworden.

„Nach bestandener Prüfung wurde sogar der Stiefvater von Jahr zu Jahr stolzer auf Adele," schmunzelte Seppl mit hochroten Wangen bei einem feinen Glas des seltenen Rosen Muskateller. „Gesagt, ausgesprochen oder gar komplimentiert, hat er das Adele gegenüber zeitlebens nie."

„Damals hat sie diesen kapitalen Bock Nachhause gebracht, dem der Vater schon wochenlang immer hinterher gewesen war. Man sah es deutlich, dass er stolz auf sie war. So wie der damals an seinem krummen Tabakpfeifchen gezogen hat und den Rauch ausbliess hätte man gewiss nach altem Indianer-Rauchmorse-Alphabet wahre Lobeshymnen entschlüsselt."

„Ja die Weiber!" hat der alte Vater nur gesagt. Das war für ihn immer ein ambivalentes Thema. Nicht nur in Bezug auf die Jagd.

Adele hatte vor sieben Jahren beschlossen, sich auf die Warteliste meiner Niederlaufhundezucht setzen zu lassen. Sie schwärmte von den kleinen Schweizer Laufhunden und ich wusste, dass die einen guten Umgang mit den vierbeinigen Jagdhelfern pflegen würde. Zudem wurden die Hunde jagdlich eingesetzt, ausgebildet, wurden geliebt und hatten Familienanschluss. Natürlich war sie eine der ersten, die ich beim U-Wurf mit einer

Hündin beglückte. Sie holte sich dann drei Jahre später noch einmal eine Hündin. Dieses Mal aus dem W-Wurf dazu. Sie war rundum glücklich und rundum zufrieden mit den Schweizer Niederlaufhunden aus der Zuchtstätte „vom Grünboden".

Als wir Adele dieses Mal auf der Steinmandl-Alm besuchten, herrschte wie eigentlich immer, arbeitsamer Hochbetrieb. Die Alpkäse-Fabrikation lief auf Hochbetrieb. Die Nachfrage war groß und bestimmte einen soliden Absatz und Preis. Ihre beiden Hündinnen begrüßten uns schwanzwedelnd und erkannten uns am Geruch und an der Stimme.

Gegen Abend waren wir herzlich zum Nachtessen eingeladen. Bis dahin blieb noch etwas Zeit zum Wandern entlang der nahen Waal Wege. Wir nahmen die beiden Hunde mit. Übrigens: Waale nennt man hier die alten Bewässerungskanäle, die früher die Felder mit Wasser versorgen.

Wir freuten uns, wieder aktuelles zu vernehmen und über die Jagd zu plaudern. Adele war mit Seppl seit vielen Jahren im gleichen Revier unterwegs und kannte jeden Fuchsbau, jeden Rehwechsel und

hörte bestimmt auch jeden Eichhörnchen-
Furz. Sie kannte die Einstände der Böcke
wie auch der Geißen und deren Kitze.

Pünktlich waren wir also zurück und wurden in die gute Stube gebeten. Kurze Zeit
später saß die ganze Familie bei Alpkäse,
Schmalzbrot, Speck und einem Glas „Ge-
würztraminer vom Schreckbichl" zusammen und plauderte. Der kräftige Trunk
und das würzige Bukett lockerten die
Zunge und Adele fing an zu erzählen.

Es sei halt schon nicht mehr so wie früher
in ihrem angestammten Jagdverein. Alte
seien gestorben und Neue kämen dazu.
Insbesondere einer sei so ein richtiger
Schwarzspecht.

Als ich das Wort Schwarzspecht hörte, fragte ich mich amüsiert, ob sie wohl den Erzählungen von Seppl und insbesondere der Großmutter selig gelauscht hatte.

Sie fuhr fort. Sein Nachbar, sei ein Buntspecht. Den könne man wohl als seinen Freund bezeichnen. Beide würden an die abstrusesten Verschwörungs-theorien glauben. Corona hätte nun deutlich die Spreu vom Weizen getrennt. Es sei doch allgemein bekannt, dass Verschwörungstheorien zur Konstruktion von Feindbildern und damit zur unkontrollierten Legitimation von Gewalt oder schlicht zur Leugnung von belegten Tatsachen führen können. Schwarz- und Buntspecht würden sich da regelmäßig im Blätterwald verfliegen. Der andere Kamerad sei „der galante Fabrikant". Der wolle einfach seine Ruhe haben und sei sowieso kaum im Revier. Der sei ein Analytiker. Er nicke ab, ohne zu hinterfragen. Sie habe Verständnis für seine Situation, denn die Branche sei alles andere als einfach und dort wolle und müsse der auch seine ganze Energie einsetzen, weil viele Arbeitsplätze der Region vom Erfolg der Firma abhängen würden.

Und dann gäbe es da noch ein Jäger Ehepaar. Beide sehr nett und anständig. Wie sich der Schwarzspecht über sie auslasse, sei nicht lustig, sondern einfach nur beschämend. Doch ein Specht lebe schließlich von Würmern, wie ein Narzisst von Erniedrigungen. Bei dieser Aussage nahm ich die weißen Knöchel von Adeles rechter Hand wahr, die zwischenzeitlich zu einer kleinen Faust geballt war. Vor zwei Jahren habe sich ein Pächteranwärter französisch verabschiedet, was nur dem durchtriebenen Specht Verhalten zuzuschreiben sei. Nun fuhr sie weiter mit der anderen Jägerin, die ihr Jagdhandwerk durchaus beherrsche. Die habe jetzt definitiv genug vom Schwarzspecht und sie werde den Jagdverein auf Ende der Pacht verlassen.

Der Weissenberger hätte es in der Hand gehabt, führte Adele weiter aus und schüttelte nur den Kopf. Doch auch hier habe sie großes Verständnis für den Weissenberger. Der hätte halt zu viele Versprechungen gemacht. Er hätte sich zu weit aus dem Fenster gelehnt und sowohl Führung wie Verantwortung delegiert, obwohl er noch im Amt sei. Der habe weder Mut noch Kraft, um genau hinzuschauen.

Wegschauen und Weghören sei dem lieber. Eigentlich müsste der doch mal für Transparenz sorgen. Dafür gäbe es schließlich zwei Versammlungen im Jahr mit schriftlichen Protokollen. „Doch, dass der nichts macht gegen den Schwarzspecht, ist mir schon klar. Die müssen sich am Sonntag in der Kirche wieder in die Augen schauen. Insbesondere der Buntspecht sei ein fleißiger Kirchengänger."

„Hat Dir der Seppl vom Blechschuss erzählt?" wollte sie wissen. „Du glaubst es nicht, was mir selbst für sonderbare Sachen passieren, und welche Details nicht nur mir auffallen. Eigentlich geht es immer auf den Schwarzspecht zurück. Jetzt sind es vier Leute, die wegen ihm gehen. Doch es werden noch mehr, das kann ich dir sagen. Und genau das ist es, was mir am meisten weh tut. Ich kann nicht verstehen, wie man Freundschaften einfach so vor die Wildschweine an die Kirrung wirft."

„Schau, wir werden langsam alt. Entweder setzt dann die Altersmilde ein oder definitiv der Altersgeiz!" Das hätte sie dem

Weissenberger auch schon gesagt. Es sei so ein Lieblingsspruch von ihr, den sie an die verbalen Weisheiten ihrer Großmutter selig erinnere. Das letzte Mal, hätte der nur so komisch geschaut.

Sie hätte ihm auch schon im Übermut die Worte ihrer weisen, doch etwas schwerhörigen Großmutter zitiert: „Ich höre manchmal Dinge, die gar keiner gesagt hat." Dabei hätte sie noch so geschmunzelt dazu. Jetzt wo sie sich das so überlege, wisse sie, dass er das ganz ernst und wahrscheinlich sogar wörtlich genommen habe.

„Wir werden nun mal nicht als fertige Menschen geboren," pflegte die liebenswerte, ältliche Dame, die im zweiten Grad mit Adele verwandt war, verständnisvoll in solchen Situationen zu sagen, verriet sie mir ebenfalls.

Viel wurde geschwatzt und ebenso viel getrunken. Es war ein gemütlicher Abend, der zu später Stunde zur Neige ging.

Sonderbare Vorfälle im Revier

An diesem Abend auf der Steinmandl-Alm hat uns Adele noch viele Geschichten erzählt. Ich weiß nicht, ob ich alle wieder richtig aus meinem Gedächtnis abrufen kann.

„Eine Prise Jägerlatein pfeffert nicht nur den Hasen." Das war auch so eine Lebensweisheit der Großmutter selig. Der Großvater war auch so ein Jägermann.

Es sei schon vorgekommen, dass es Bleischrote vom Blätterhimmel geregnet habe. Das kann passieren, wenn der Standnachbar abdrückt oder gar doppellieren muss. Wieso das nun dem ausgehungerten Schwarzspecht regelmäßig in Adeles Richtung passiere, verwundere sie seit diesem Herbst doch sehr. Sie würde ihn als sicheren Schützen bezeichnen. Er wisse, wo sie stehe. Zudem rede er jeweils bei der Standzuteilung mit, weil er bei der Jagdvorbereitung dabei sei. Wieso der jetzt fast ausnahmslos seinen Stand gleich neben ihrem hätte, müsste bestimmt mit einer ungeheuren Portion Sympathie und insbesondere Nächstenliebe zu tun haben. Sie

möge ihm jederzeit eine gute Strecke gönnen, doch so etwas mache sie schon sehr
nachdenklich.

Sie sei sich nun im Klaren, dass ihr
Freund der pferdeschweifige „Dryocopus
martius" manchmal an massiver Desori-
entierung oder beginnender Demenz leide,
hat Adele gesagt.   Insbesondere dann,
wenn er mitten im Trieb hinter einer
Kuppe oder neben einem Baumstamm
hervorluge. Wohl um zu schauen, wo sie
denn nun ihren Stand bezogen habe. Sie
sei sich sicher, dass er sie schon beim Aufsuchen des „stillen Örtchens" beobachtet
habe.

Denn wer verlässt bei Drang nicht seinen Stand, um in ein paar wirklich wenigen Metern Entfernung, ganz dringende Geschäfte zu verrichten? „Wohlgemerkt mit dem Wind!" betonte sie verschmitzt.

Auch wenn der Schwarzspecht das Gegenteil behaupte, sie verlasse ihren Stand nur, wenn ein Notfall angesagt sei. So sei das letztens der Fall gewesen, als die Straßen querende Rehgeiß vom fahrenden Auto erfasst worden sei und am Straßenrand liegen blieb. Ein Treiberkamerad hätte ihr berichtet, was passiert sei. Da ihr Stand nur knapp dreißig Meter weg von der Unfallstelle gewesen sei, wäre sie natürlich hingegangen. Sie hätte gewusst, dass kein Standnachbar zur Straße hinunterschießen würde. Zudem musste sie sich doch vergewissern, dass das Tier tot war. Die Geiß habe sie dann vom Straßenrand weggezogen und zur roten Arbeit angesetzt.

Und das zweite Mal hätte sie ihren Stand verlassen, als ein Jungjäger sein erstes Weidmannsheil hatte. Nur einhundert Meter nebenan wäre dieser am Stand von ihr eingewiesen worden. Sein Schuss war mit drei Hornstössen verblasen worden. Das Stück Rehwild musste also liegen. Adele und der Jungjäger wären die beiden letzten Schützen in der Linie gewesen und sie kenne ja das Gelände wie ihre Westentasche. Sie hätte geholfen den letzten Bissen in den Äser zu stecken und die rote Arbeit zu erledigen. „Des Jungjägers Herz wird schwer, wenn der erste Schuss auf ein Tier fällt," da erinnere sie sich nur allzu gut. Tränen seien da keine Seltenheit und es hilft, dem Tier gemeinsam die letzte Ehre zu erweisen. Niederzuknien, eine Minute zu gedenken und zu danken, dass es liegt. Dem Jungjäger zu bestätigen, dass er alles richtig gemacht hätte, helfe beim ersten Schuss.

Sicherlich lasse man die Kameraden am Sammelplatz nicht im Regen stehen und gehe seinen Hund suchen. Sie hätte das einmal gemacht, weil noch nicht alle auf dem Platz waren und sie keinen Anblick gehabt hätte. Also informierte sie den Schwarzspecht, dass sie den Sammelplatz verlasse und dann direkt in die Hütte komme. Sie wolle ihrem Hund etwas abseits ein Hornsignal geben, da er vorher noch weiter unten gejagt hätte. Er möchte das doch bitte ausrichten. Zudem habe sie keinen Anblick gehabt. Die Frage, was wohl der Schwarzspecht ausgerichtet hat, ist schnell beantwortet. Der tat, als wüsste er von überhaupt nichts und richtete nichts aus. Sie bekam dafür einen Rüffel: „Sie missachte die Anweisungen des Jagdleiters." Da dreht sich der Jagdheilige Hubertus im eintausendeinhundert Kilometer entfernten Lüttich im Grab um. Und sogar die nur 500 Kilometer entfernte Hildegard von Bingen, natur- und heilkundige Universalgelehrte und ebenfalls Heilige, räuspert sich in ihrer Gruft in der Pfarrkirche Eibingen und zeigt den Stinkfinger.

Wenn einer weiß, wo das flüchtige Wild hin gewechselt hat, dann sei es immer der Schwarzspecht. So behaupte der, ohne auch nur annähernd vor Ort gewesen zu sein, dass es genau vor der Kameradennase durch gewechselt sei. Im selben Moment folge die Frage: „Warum hast Du nicht geschossen?" Das nervt nicht nur Adele, die eine gute Schützin ist, sondern macht absolut unnötigen Druck bei allen anderen Mitjagenden. Einerseits habe man den Abschussplan immer erreicht und schließlich sei jeder selbst für seinen Schuss verantwortlich. Oder etwa nicht?

Sie freue sich immer über WhatsApp-Nachrichten, wenn ein Jagdkamerad einen Bock erlegt habe. Diese Meldung sei im digitalen Zeitalter nun recht problemlos möglich und habe bei ihnen im Revier nun auch seit einiger Zeit Einzug gehalten. Es gebe die Gelegenheit ein kräftiges Weidmannsheil ins Handy zu drücken. Vielleicht bekomme man noch die Chance beim Aufbrechen zu helfen oder beim gemeinsamen Bock Wein dabei zu sein. Nur frage sie sich, mit welcher Motivation jemand morgens um 5.08 Uhr dieses Ereignis mit Bild und einem falschen Revierteil absichtlich in den Chat stellen könne. Dem Schwarzspecht sei das doch tatsächlich geglückt. Klar kam die Anfrage des anderen Kameraden, dessen Revierteil beschossen wurde, ob denn nun die Reviere aufgehoben worden seien. Des Schwarzspechtes Antwort sei gewesen: „Ich wollte nur schauen, wie Du reagierst." Uiuiui. Da hätte jetzt aber jeder, der im Chat Mitglied sei, so einiges aus genau dieser Antwort herausgelesen und interpretiert. Ob der Rückschluss dann auf den Charakter des schwarzgeflügelten Absenders gemacht wurde, hätte nicht nur mit Mut, sondern auch mit Rückgrat und innerer Haltung zu tun.

Bestimmt hätte auch schon ich oder jede und jeder von uns Jägern, die nicht rühmliche Erfahrung eines Fehlschusses gemacht. Sie hätte immer ein schlechtes Gewissen und es gehe ihr gar nicht gut. Besonders froh sei sie, wenn die Nachsuche mit dem Hund dann Erfolg habe und das Tier nicht leiden musste oder schnell erlöst werden könne. Was gehe wohl in diesem schwarzgefederten und rotscheitelgefärbten Jägerkameraden vor, der im selben Moment, als er merke, dass der Schuss daneben gehe, spontan ausspreche, was er gerade im Kopf habe. Nämlich: „Du verdammter Sauhund." Jäger, die mit Herz jagen, hätten ganz bestimmt nicht den Kopf mit solchen diffamierenden, herablassenden und unweidmännischen Äußerungen voll. „Sonst können die schon gar nicht abdrücken," sagte sie überzeugt.

Dieses Thema weiter auszuführen, würde an Küchentisch-Psychologie grenzen. „Überlassen wir das also lieber den Experten," prostete sie mir zu.

„**F**reudig zog der erste Jagdtag heran." Der allererste Trieb, der allererste Morgen der Herbstjagdsaison startete und sie hatte gerade ihren Stand bezogen. Die Waffe wurde geladen und sie gab für den Standnachbarn weiter unten einen kurzen Hornstoss, damit dieser wusste, dass sie parat war. Schon hallte der Standortruf des Schwarzspechtes „kliööh" an ihr Ohr zurück. Er war also auch parat und hatte den Stand auch bezogen. Sie hatte beide Hunde dabei. Nun wurde mit langanhaltendem Ton angehornt. Sie nahm das Signal ab. Gab es weiter, etwa so wie ein Kettentelefon. Es hallte freundlich durch den Wald. Sogleich schnallte sie ihre zwei Niederlauf Jagdhunde, die schon etwas unruhig geworden waren. Die Hunde kennen das Prozedere und wissen, dass es nach dem Hornstoss losgeht. Kaum geschnallt, stachen beide Hunde kurz darauf und rannten mit tiefer, suchender

Nase spur laut auf dem Wechsel hinunter zum Graben.

Adele freute sich sehr und fragte sich, ob die Hunde ihr wohl Wild bringen würden. Es dauerte 15 Minuten, als sie die jüngere Hündin wieder zu ihr zurücklaufen sah. Wie benommen und etwas taumelnd, langsam, fast schleppend, kam die Hündin zu ihr zum Stand hoch. Erschrocken stellte Adele fest, dass da etwas passiert sein musste. Die faustgroße, abstehende Beule am Brustbein stach sofort ins Auge! War das ein Unfall, ein Schlag, ein Hornissenstich? Adele kühlte die massive Schwellung mit kaltem Wasser, das sie immer im Rucksack mitführte. Dann entknotete sie ihr Halstuch, benetzte auch dieses und hängte es zur Kühlung um den Hals des Vierbeiners. Die Hündin war wie paralysiert, atmete schwer, zitterte, etwas Schaum hing an der Seite ihrer Lefzen. Sie legte sich dann aber hin und schaute nur mit trüben Augen und leerem Hundeblick. Selbstverständlich telefonierte Adele kurz mit dem Tierarzt. Doch eine Ferndiagnose sei schwierig zu machen. Am nächsten Tag ging sie in die Klinik. Der Tierarzt führte eine lange Untersuchung durch. Er

schaute sich die Sache gar mit einer Lupe genauer an. Die Diagnose war klar: Keine Schnitte, keine Splitter waren zu finden, doch es handelte sich um eine massivste Prellung. Der ganze Brustkasten war blut-unterlaufen. Die Prellung kam vom ge-stauchten Brustbein. Seine Aussage war eindeutig: „Es kann nicht sein, dass der Hund einfach in einen Baumstamm gerannt ist, sonst würde man Splitter oder Kratzer sehen. Hier hat jemand mit einem glatten Gegenstand, vielleicht auch Schuh ganz wütend zugeschlagen."

Beleidigungen passieren. Beabsichtigt oder unbeabsichtigt. Jedem von uns ist das schon passiert. Jemand schnappt ein, sein Ego ist verletzt. Wenn das Gegenüber dies zum Ausdruck bringt, so ist die Gelegenheit da, die Situation zu klären, richtig zu stellen und sich allenfalls zu entschuldigen, wenn das notwendig wird.

Wenn aber jemand seinen Ärger einfach herunterschluckt, dann staut sich da eine sehr negative Energie auf. Personen mit wenig Selbstvertrauen sind empfänglich für Beleidigungen, weil sie vieles sehr persönlich nehmen. Wenn dann toxische Menschen gegen ihre vermeintlichen Widersacher agieren, dann freut das die Verletzten. Sie können die Unschuldigen spielen und sich in Rache suhlen, wenn eine Schimpftirade losgeht, Beleidigungen ausgesprochen und Lügen erzählt werden. Der Verletzte fühle sich da nicht mehr verpflichtet zu hinterfragen, was wahr oder falsch sei. Das sind die klaren Worte von Adele, die gar nicht so zimperlich ist, wenn es darum geht ihre Meinung zu vertreten.

So schimpfe der Schwarzspecht in Abwesenheit penetrant und lautstark über Jagdkameraden. So etwas sei doch keine Art, auch wenn die damalige Situation etwas unklar gewesen sei. Man fragte sich, ob der alte Kamerad nun doch im Spital sei und was überhaupt hätte operiert werden müssen. Auch Adele war besorgt, wie schlimm es denn nun sei. Doch sie wusste nichts Genaues. „Der soll abdanken und gehen!" war die teilnahmslose, unüberhörbare Forderung des Schwarzspechtes aus dem Hintergrund. Am meisten hätte sie gestört, dass keiner der in der Nähe stehenden, hochverehrten Vorstandsmitglieder eingegriffen und ihn gemaßregelt hätte. Das sei einfach keine Kultur, wie man über einen verdienten Kameraden herziehe.

Schon ihre Großmutter, mit Jahrgang 1897, eine der liebenswertesten Frauen, die sie kennenlernen durfte, hätte gesagt:

„Wenn einer über andere schimpft, so schimpft er auch über Dich."

Das letzte Mal sei es ihr zu bunt geworden. Als im unteren Teil des „Langen Grabens" wieder eine lautstarke Kanonade auf einen ihrer Jagdfreunde rezitiert wurde. Sie habe sich vor dem Schwarzspecht breitbeinig aufgestellt und habe ihm ihre Meinung mit ebenso lautstarken Worten gesagt: „Ich lasse mir von Dir nicht über meine Jagdkameraden schimpfen, die zudem noch abwesend sind. So laut reden, wie Du, kann ich alleweil!"

Der schwarze Specht wurde für einen Moment tatsächlich grau im Gesicht. Sie wusste nicht genau, ob das der Ausdruck seiner Bestürzung oder Tobsucht war. Da sie in seinem Auto zugeteilt war, verlief die Rückfahrt zum Jagdhaus als sogenannte Taubstummenfahrt, führte sie aus.

Dummerweise hätte das Hörgerät des Präsidenten, welcher bei diesem Disput danebenstand, wohl grad einen Empfangsunterbruch gehabt und er hätte die Kanonade nicht gehört. Vielleicht sei es aber auch Absicht gewesen wieder einmal wegzuhören und dem Hörgerät die Schuld zuzuschieben. Jetzt sei sie die Blöde, weil sie sich erfrechte, den Schwarzspecht „anzufeilen". Nur so viel sagte sie: "Ich werde es wieder tun!" Schon nur die Graufarbe des Dunkelgefiederten sei es ihr wert gewesen, ihn mit seiner Vermessenheit über langjährige und verdiente Kameraden zu schimpfen, zu konfrontieren. Ihr Werteempfinden sage ihr nur allzu deutlich, dass sie richtig gehandelt habe. Es könne nicht sein, dass wir zulassen, dass in Abwesenheit über langjährige Kameraden gelästert, geflucht, intrigiert und Schandmaul betrieben werde. „Wo jemand Recht hat, hat er Recht!", zitierte Adele erneut ihre Großmutter.

Einen Jagdgast ins Revier einzuladen sei immer eine besondere Sache und mache den Jagdtag speziell. So erzählte Adele die Geschichte ihres flintentragenden Jagdgasts. Sie lud einen äußerst versierten und vielverdienten Jäger aus der weiteren Provinz zu sich ins Revier ein. Er hatte ihr Ende September einen Brunftplatz der Hirsche gezeigt und mit dem Spektiv konnten beide die eleganten Riesen auf der gegenüberliegenden Talseite spiegeln und röhren hören. Sogar Käse und The hatte er für alle mitgenommen. Sie löste deshalb für ihn den dafür benötigten Tagespass. Gar ihr Göttergatte von Ehemann sei an diesem Jagdtag als Treiber mitgekommen. Am Vorabend kochte sie vor. Die kleinen Töpfe konnte sie dann zum Erwärmen auf die Glut gestellt werden und ein fein mariniertes Fleischstück würde auf dem Aser Feuer brutzeln. Frühmorgens trafen sie sich beim Jagdhaus. Das Autoschild der anderen Provinz, welches bereits vor der Hütte parkiert war, verriet ihr, dass der Jagdfreund Erich schon eingetroffen war. Erich redete soeben mit dem zuerst eingeflogenen Schwarzspecht Jägerkameraden und sie nahm an, dass sie sich begrüßten und Erich willkommen geheißen wurde. Ein halbes Jahr später erst, erzählte ihr dann Erich, dass dieser unfreundliche Geselle, den sie ihren Jagdkameraden nennen würde, ihm einen Vortrag über die Jagd in seiner Provinz gehalten habe. Er hätte über diese Art von Jagd derart gelästert, dass er zweimal schlucken musste. Er hätte noch überlegt, was diesem Jägersmann wohl in dieser Herrgottsfrühe über die Leber gelaufen sei. Bei der Begrüßung stellte Adele Erich als Menschenfreund vor. Hilfsbereit und selbstlos aber ganz sicher nicht auf den

Kopf gefallen. Auf alle Fälle verbrachten doch alle einen wunderbaren Jagdtag miteinander. Adeles Göttergatte Johann fragte sie am nächsten Tag, was wohl mit dem allen bekannten Schwarzspecht artigen Jägerkameraden gestern losgewesen sei. Auf seinen freundlichen Gruß beim zweiten Trieb im Wald und auf die Frage: „Hast du schon Anblick gehabt?" Hätte dieser einfach den Kopf zur Seite gedreht und in eine andere Richtung geschaut, ohne einen Pieps über seine Lippen zu bringen.

Erich begleitete den Wildverwerter nach der Jagd und nach dem Verblasen zum nahen Metzgerbetrieb, um das erlegte Wild ins Kühlhaus zu legen. Diese zuvorkommende und edle Tat, dem älteren Wildverwerter zu helfen, hätte Adele bewogen nachzufragen, ob Erich noch einmal für einen Jagdtag dabei sein möchte. Da sie kein Jagdgastkontingent mehr hatte, nahm es der Wildverwerter auf sein Gäste Kontingent. Wieso nun der düstere Geselle mit den schwarzspechtigen Gedanken am Ende der Jagd einfach französisch verschwunden war, wusste keiner so genau. Nicht einmal der Jagdleiter hatte darauf eine Antwort.

Und Erich kam tatsächlich ein zweites Mal. Zwar hatte er keinen Anlauf und wenig Anblick, doch der Jagdfreund genoss das Erlebnis sehr. Auch an diesem Jagdtag verschwand der schwarzspechtige Kamerad, ohne sich abzumelden von der Bildfläche.

Hunde sind willkommene Jagdhelfer. Sie werden zum Stöbern, zum Nachsuchen oder als vierbeinige Begleiter bei Pirschgängen eingesetzt. So gilt auf der Jagd folgender Spruch. „Du darfst über die Ehefrau des Jagdkameraden schimpfen, aber sage niemals etwas Schlechtes über seinen Hund. Das verzeiht er dir nie." Dieser Satz scheint überall im deutschsprachigen Raum, sogar länderübergreifend, in der Jagdszene zu gelten, machte ich Adele aufmerksam. Dem Schwarzspecht scheine dieser Spruch egal zu sein. Er lästere über die Springer Spaniel über die Cocker Spaniel, die Alpenländischen Dachsbracken und die Beagle ihrer Jagdkameraden. Über ihre Schweizer Niederlaufhunde habe sie ihn noch nie lästern hören. Er zweifle nicht nur an den Fähigkeiten der Hunde, sondern auch an den Kompetenzen der Besitzer. Eines müsse sie jetzt aber doch zugeben, sagte Adele. Er habe einen hervorragend ausgebildeten Jagdhund. „Nimmt man nun den Spruch für bare Münze, so will der Schwarzspecht einfach keine Freunde haben oder er pickt seine Feinde einfach weg," verlautete Adele. „Spechte sind bekanntlich Einzelgänger."

„Studiere den Umgang mit seinem Hund und du siehst, wie er mit Dir und anderen umgeht." Das habe dieses Mal nicht ihre Großmutter gesagt, sondern ein ihr vertrauter und sehr ausgewiesener

Hundeführer. Nicht, dass dieser Hundeexperte zimperlich mit seinem Hund umgegangen wäre, erwähnte Adele. Viele Jahre hätte dieser Deutsche Langhaar Gebrauchs- und Vorstehhunde ausgebildet und durch sämtliche Prüfungen gebracht. Einer dieser Hunde sei gar ein Bringselverweiser gewesen. Die liebe Großmutter selig hätte eher davon gesprochen: „Nur weil jemand mit dem Schwanz wedelt, heißt das noch lange nicht, dass er dein Freund sein will." Adele zwinkerte mit dem linken Auge, schmunzelte und meinte: „Auch eine Dame genießt und schweigt, das sind nicht nur die Gentlemänner."

Man gestatte mir als jagende Schreiberin einen kurzen Exkurs zum Bringselverweiser. Das ist wohl die höchste Kunst der Nachsuche. Dieser Hund sucht das verunfallte oder erlegte Tier frei. Das will heißen ganz ohne Leine. Findet der Hund das Tier, so nimmt er den Bringsel, der an der Halsung hängt, in den Fang. Der Hund kehrt zurück zum Hundeführer, um ihm damit anzuzeigen. „Ich hab's gefunden, komm mit." Ganz hohe Schule der Bringselverweiser. Ich bewundere den enormen

Ausbildungsaufwand und die Geduld solch ambitionierter Hundeführer.

Doch zurück zu Adeles Lebensweisheit im Umgang mit dem vierbeinigen Gehilfen.

Was der Hundeführer als erstes nach Abschluss des Jagdtages tue, wollte Adele von mir wissen. Genau. Er gäbe seinem Hund Wasser, etwas zu fressen und der Hundeführer schaue als erstes, dass sein vierbeiniger Jagdgefährte ein sauberes, trockenes und warmes Plätzchen habe. Man lasse seinen Hund nicht einfach draußen in der Ecke warten und setze sich selbst in die warme Hütte.

Was der Hundeführer tue, wenn sich der Hund verletzt habe, wollte sie wissen. Bei Hunden, die in die Fuchsbauten schliefen, kann es beim Kampf zu grässlichen Verletzungen kommen. Auch bei Sauenkontakt können lebensgefährliche Verletzungen passieren. Hautfetzen hängen herunter und müssen genäht werden. Man müsse weiß Gott nicht jedes Mal zum Tierarzt springen. Doch sei es nicht Geiz, sei es nicht Selbstüberschätzung, sei es nicht purer Narzissmus, mehrere Zentimeter lange Hautfetzen mit dem Bostich selbst zu nähen? Klar seien das wohl diese Haut-klammern, die man heute mit den richtigen Gerätschaften so setzen könne, dass eine schöne Naht entstehe.

Es sei doch allgemein bekannt, dass sich Entzündungen, wenn sie längere Zeit anhalten, auf die Herzkraft auswirken und eine Blutvergiftung zum Tod führen könne. Es würden irreparable Schäden entstehen, wusste Adele. Auf die Frage „Wie alt ist dein Hund geworden?" dann die Antwort zu geben „Vierzehn Jahre." Sei eine Lüge. Bei erst neun Jahren möge es auch einfach Beschämung sein, wieder einmal nicht zur Wahrheit zu stehen.

„Grüßen kostet nichts." Wieder so ein Spruch aus dem Nähkästchen von Adeles Großmutter. Es sei üblich hier im Südtirol, dass man Leuten kurz einen Willkommensgruß zukommen lasse, die Hand schüttle oder man mache sich sonst mit erhobener Hand zum Willkomm bemerkbar. Würde der Schwarzspecht alle Jagdhausbesucher in vornehmer oder auch nur lockerer Art begrüßen, und nicht einige immer bewusst übergehen, stehenlassen oder sogar deutlich meiden, so hätte ihn der „Weissenberger" nicht unter vier Augen auf diese Unart angesprochen. Man könne auch einfach mit erhobener Hand in Globo grüßen, wenn die Zeit einmal knapp sei. Das werde doch alles akzeptiert. Doch die Körpersprache eines breiten, zugekehrten Rückens werde überall auf der Welt gleich verstanden. Das heiße auch im Südtirol nichts anderes wie: „Ich spreche nicht mit Dir und will auch nichts mit Dir zu tun haben."

Das sei doch ein ehrlicher Typ, könne man da sagen. „Meinst Du nicht auch?"

Doch was sei nun das Ergebnis dieses Gespräches zwischen „Weissenberger" und Schwarzspecht gewesen? Laut werden, davonlaufen, Autotür laut zuknallen und davonfahren. „Bei den Frauen werde ich noch die Tränen sehen," seien seine gedämpften doch immer noch wütenden Worte eine Woche später gewesen, die er seinem Nachbarsfreund gegenüber halblaut geäußert habe. Statt Einsicht folgte tiefe Verachtung. Das sei auch eine Art der Problembewältigung, meinte Adele. Für sie habe es herzlich wenig mit einem ehrlichen Typ zu tun. Genauso entlarve man

Narzissten. Und dessen Maske sei nun definitiv gefallen.

„Ich sage dir nur Eins. Wenn der Schwarzspecht im Umgang mit Menschen sagt, „ich weiß, wie ich den dazu bringe", dann agiert er mit Mobbing, Stalking, Lügen und Handanlegen. Handauflegen tut der bestimmt nicht!"

Der sei schon mehrmals handgreiflich geworden. Es gäbe einige Leute, die seine wirklich liebe Frau sehr bemitleiden würden. Und wieso die Leute immer fragen würden, ob die beiden noch zusammen seien, würde ihr jetzt auch klar werden. Mit Bestimmtheit sei es nicht der Altersunterschied, sondern seine ruchlose, gewalttätige und einschüchternde Art, welche der Nachfrage dieser Leute zugrunde liege.

Sie wisse aus verlässlicher Quelle, dass er vom früheren Job gefeuert wurde, weil er seinem Boss am Stuhlbein gesagt hätte und sämtliche Mitarbeiter durch ihn aufgewiegelt wurden. Hätten sie nicht mitgemacht wurden sie gemobbt. Zudem kenne sie zwischenzeitlich so einige Leute aus dem privaten Umfeld, die der psychischen Gewalt des Schwarzspechts lange Zeit ausgesetzt gewesen seien. Die unmittelbare Nachbarschaft, der Bekannten- und Freundeskreis wisse grundsätzlich schon lange Bescheid. Doch Doppelmoral, Heuchelei und scheinheilige Frömmelei sei halt einfacher. Was der Feuerwehrkollege bewirkt habe, der ihn wegen seiner Frau ins Zangengebet genommen habe, wisse sie auch nicht genau. Insbesondere wisse sie nicht, wie lange sowas bei diesem Typus von Menschen anhalten würde.

Und erlebt und selbst beobachtet hätte sie es auch schon, dass der Schwarzspecht auf dem Schießstand fast getobt habe, weil ihn die Standaufsicht auf den Verschluss seiner Waffe angesprochen habe. Wohlweislich nur angesprochen mit den Worten: „Ist dein Verschluss offen?" Zwei Kameraden mussten ihn in die Mitte nehmen und beruhigen, sonst wäre er dem Standmeister fast an die Gurgel gegangen. Der Schwarzspecht bekam urplötzlich das Gefühl die Standaufsicht hätte ihn anmachen wollen.

Ja wirklich, richtig stampfen könne der Schwarzspecht. Wie ein kleines Kind. Das könne jedermann ab und zu beobachten, wenn die Meinung des Schwarzspechts hinterfragt würde.

Dummerweise oder eben überlegterweise hätte sie ihren erlegten Fuchs das letzte Mal nicht auf die erlegten Rehe auf den Wildträger am Auto gelegt, sondern auf die Deckplane des Heckteils seines alten doch zweckdienlichen Mobils. In den Dreck legen wollte sie Herrn Reinecke nämlich nicht und in der Hand wurde er langsam schwer. Der Schwarzspecht sei so etwas von wütend geworden und er hätte sich beschwert, dass er nun extra die Autoplane reinigen musste wegen ihr. Zudem sei es Absicht gewesen, ihn zu ärgern. „Mein Gott doch auch und alle Jagdheiligen aus nahen und fernen Kulturen mögen es bezeugen. Es war keine Absicht jemanden zu ärgern." Ihre alte Karre wäre ihr dazu nicht zu schade gewesen.

Ich könnte Adele noch stundenlang zuhören, wie sie über den Schwarzspecht wettert und den Weissenberger ins Gebet nimmt, ihre jagdlichen Erlebnisse zum Besten gibt und andere amüsante Geschichten erzählt.

Das Wort Narzisst hat mich noch lange, verfolgt und ich habe zu dieser Persönlichkeitsstörung viel gelesen und recherchiert. Schließlich sind wir alle auf irgendeine Art und Weise ein bisschen Narzissten, habe ich gelernt. Die Frage ist nur, wo sind unsere Grenzen? Wo setzen wir uns selbst die Grenzen? Was würden wir tun und was würden wir niemals tun? Wo ist ein gewisser Narzissmus gesund und wo ist er krankhaft? Das Maß an übertriebener Egozentrik, übersteigerter Empfindlichkeit, mangelnder Empathie und die massive und ständige Entwertung anderer sind die Gradmesser eines krankhaften Narzissten. „Kein schöner Ausblick, so einen Jagdkameraden in der Gesellschaft zu haben, liebe Adele", hämmerte es in meinem Kopf.

Auf einen nächsten Besuch und bis bald. Wir hören bestimmt, wie das noch weitergeht.

„Weissenberger hör mal zu!"

Es verging kein halbes Jahr und wir buchten wieder ein paar Tage im schönen Vintschgau. Wir freuten uns auf die Erholung und das Wohlfühl-Paket in Seppls Hotel. Auch der Ausgang der Geschichte von Adele machte uns neugierig. Und natürlich haben wir sie schon am zweiten Tag auf der Steinmandl-Alm besucht.

Die Hunde freuten sich. Sie freute sich. Man muss vorab wissen, dass Adele klare Wertevorstellungen kennt und diese auch konsequent lebt. Sie hat ein offenes Wesen und sie kann sich mündlich und schriftlich gut ausdrücken. Jeder Mensch erhält von ihr einen Vertrauensvorschuss. Lügen geht gar nicht und damit meint sie alle absichtlich und vorsätzlich gemachten, falschen Aussagen. Auch jemanden bewusst im falschen Glauben zu lassen, wertet sie als Lüge. Missverständnisse gibt es, die kann man klären. Und natürlich ist Jägerlatein im Lügenbarometer ausgenommen.

Adele schien tieftraurig zu sein, als sie uns ihre Geschichten offenbarte und diese Zwiegespräche mit dem Weissenberger hielt, der ja gar nicht anwesend war. Trotz oder genau wegen dessen Abwesenheit schien es ihr gut zu tun, sich so einiges von der Seele zu reden. Mir schien es so, dass sie wohl diesem Jagdrevier nachtrauerte, das sie nun verlassen hatte, doch insbesondere vermisste sie ihre Jagdfreunde und Treiberkameraden. Zudem gönnte sie dem Weissenberger sein seelisches Schicksal und diese Last nicht, die er ganz allein zu verantworten hatte. Sie wusste, dass er sich nämlich völlig verrannt und im Lügengewirr verloren hatte und seine Selbstzweifel ihn nie mehr in Ruhe lassen würden.

„Es gibt Sachen, die macht man einfach nicht. Und ich lasse die auch nicht zu," sagte sie bekräftigend. Bei diesen Worten wusste ich, dass auch ein bisschen die Großmutter selig aus Adele sprach.

Zwischen Adele und dem Weissenberger, bestand eine ganz besondere Beziehung. Sie kennen sich schon seit über dreißig Jahren, erzählte sie mir. Sie habe ihm immer ausnahmslos vertraut. Sie habe ihn immer unterstützt - er sie auch.

Erst als der Schwarzspecht in die Gesellschaft aufgenommen wurde, habe sich

vieles geändert. Der Schwarzspecht pola-
risiere und spalte. Machogehabe oder Wei-
berkram. Freund oder Feind. Dominanz
und blinder Gehorsam. Hartgesotten oder
Weichei. Schwarz oder weiß. Und dazu kämen eine ganze Litanei an wirren und
haltlosen   Lügen und Verschwörungstheorien. Die würden ihn jeweils schon frühmorgens plagen und ließen ihn nicht
schlafen und auch nicht mehr los.   Er
glaube fanatisch daran. Eigentlich ein ar-
mer Kerl und hoffnungsloser Fall, meinte
Adele. Dass der Weissenberger diesem
Lügner sogar noch Glauben schenke, das
könne sie einfach nicht wahrhaben. Der
Schwarzspecht habe eine Persönlichkeitsstörung, wie das für Narzissten zutreffe.
Andere Kameraden und Gehilfen aus der
Gesellschaft, aber auch außerhalb des eigenen Reviers, wären auf sie zugekommen
und hätten sie gefragt, was denn da los
sei? Das wisse sie auch nicht. Sie sollen
doch direkt den Weissenberger fragen, war
ihre Antwort immer gewesen.

Doch jetzt habe der Weissenberger den Vogel, im sprichwörtlichen Sinn, abgeschos-
sen. Und gerade Spatzenschrot habe der
nicht geladen. Leider habe er nicht auf den

Schwarzspecht gezielt, sondern auf sie. Erstens würde sie gegen den Vorstand intervenieren. Adele war mehr als perplex, als sie das erzählte. Sie würde Gruppen bilden wurde ihr vorgeworfen. „Ja mit wem denn mit meinen Hunden und dem Jagdhorn?" fragte sie mich und schaute mir dabei direkt in die Augen und schüttelte den Kopf. Zudem befolge sie die Anweisungen des Jagdleiters nicht strikte. „Niemals habe ich das getan. Und zwar, weil wir einen hervorragenden Jagdleiter haben, der die Herbstjagd sehr professionell organisiert." Dann verstoße sie gegen die gute Kameradschaft. „Das mit dem Schwarzspecht wissen alle. Es hören alle, wie der lästert, beleidigt, lügt und Schindluder treibt. Ich habe den bis jetzt immer verteidigt. Sogar dann, wenn auswärtige Jäger mich auf ihn angesprochen haben. Doch heiliger Strohsack und insbesondere Hubertus, bitt' für den Weissenberger, dass der sich nicht versündigt. Hat der noch alle Tassen im Schrank oder ist jetzt da die unterste Schublade in der Jagdküchen-Kommode doch noch aufgegangen?"

So nahm Adele den Weissenberger ins Zwiegespräch, als sie drauflossprudelte:

„Weissenberger ich habe Dir was zu sagen. Hör mal zu!

Deine Menschenkenntnis schätze ich. Doch tust du niemanden einen Gefallen, wenn Du bei einem narzisstischen Jagdkameraden zulässt, dass er Lügen verbreiten darf und Jagdkameraden erniedrigt. Seine Schwäche missbrauchst du damit für deine Ziele. So einem Menschen Kontrolle und Macht über andere zu verleihen ist der größte Führungsfehler, den du machen kannst. „Macht brauchst du nur, wenn du Böses vorhast. Für alles andere reicht Liebe." Diese Worte sprach dieses Mal nicht Adeles Großmutter. Sie zitierte die Worte von Charlie Chaplin, dem Altmeister des Stummfilms. Und noch etwas Weissenberger. Hättest Du meine Großmutter gekannt so wüsstest du, dass Distanz keine Frage von Kilometern ist, sondern eine Frage von fehlenden Worten zur richtigen Zeit. Schweigen ist nicht immer Gold.

Ja, ich habe Dich gebeten, mir zu versprechen, dass kein Schwarzspecht ehrenwerte Vorstandsaufgaben übernimmt. Weil diese Aufgaben mit Werten zu erfüllen sind, die mit Redlichkeit und Rückgrat zu tun haben. Ein Lügner hat das nicht.

Dir für die Freundschaft von fast dreißig Jahre zu danken ist mir ein großes Anliegen. Danke, dass ich mich jagdlich weiterbilden konnte und heute das bin, was ich eben bin. Du bist zu mir gestanden, bis der Schwarzspecht kam. Wir haben viele schöne Stunden auf der Jagd verbracht. Ich habe Dir immer vertraut und ich habe Dich nie belogen. Ich hätte nicht gewusst wieso und wofür. Lügen gehört nicht zu mir. Ich verabscheue Lügen. Ich habe Dir immer gesagt, wenn ich etwas tue und habe dich informiert. Das ist meine Art von Offenheit und Transparenz.

Dir ins Handwerk zu pfuschen, liegt mir fern. Doch, wenn Du persönliche Abrechnungen mit Leuten hast, dann musst du sie außerhalb des Jagdvereins ausjassen. Ich lasse nicht zu, dass die Erben eines verstorbenen Jagdkameraden fast zwei Jahre auf ihren Hüttenanteil warten müssen. Und ich will dir sagen wieso. Weil ich mich dem verstorbenen Kameraden verpflichtet fühle. Weil ich die Nachkommen persönlich kenne und weil ich ihnen mit klarem Blick in die Augen schauen will, wenn ich sie das nächste Mal sehe. Ich nehme die Pflichten als Revisorin ernst. Mit Deinen Behauptungen und mit deinem Zuwarten bringst Du mich als Jagdkameradin und als Revisorin in die Zwickmühle. Auch trifft das all die anderen Kameraden, vergiss das nicht. Wenn jemand eine Spende machen will, so macht er das, indem er es schriftlich belegt oder mit seinen Nächsten mündlich bespricht. Es ist deine Vermessenheit, zu behaupten du hättest gemerkt, was der Verstorbene gewollt habe. Das lasse ich nicht zu.

So frage ich mich heute, wie lange wohl ich auf meinen Hüttenanteil warten muss, nachdem mein Konto bekannt ist und jetzt bereits viele Monate vergangen sind. Lass' es dir gesagt sein, dass ich nicht vergesse und keine Spende machen werde.

Dir sollte bewusst sein, dass ich Warnungen von alten Jagdkameraden ernst nehme. So stehe ich zu deren Ersuchen, wenn es in meiner Macht steht ihre

Wünsche zu erfüllen. Ich sag' dir auch wie die Warnung lautete: „Nehme Dich in Acht vor dem Schwarzspecht." Und das Ersuchen war deutlich: „Passe auf meine Fast-Tochter auf." Beides habe ich gemacht und damit habe ich auch mein gegebenes Versprechen gehalten.

Dir danke ich, weil Dir das Wohl der holden Weiblichkeit am Herzen liegt. Du hattest immer Anstand und Respekt und im Grundsatz bist du ein jagdlicher Gentleman. Doch ich lasse nicht zu, dass Frauen in der Jagdhütte vom Schwarzspecht nicht gegrüßt werden. Ich würde es mit Männern ebenso handhaben. Es geht nicht um die Frauen, es geht um Anstand und Umgangsformen. Danke, dass Du es ihm gesagt hast. Ich weiß, dass das für Dich eine schwierige und unangenehme Situation war. Doch hättest Du abgelehnt, hätte ich es ihm gesagt. Das wäre zwar auch nicht besser herausgekommen. Das Ergebnis von Einsicht und Erkenntnis kennen wir ja. Mach' Dir keinen Vorwurf deswegen. Es war notwendig. Über Notwendigkeiten kann ich nicht wegschauen, auch wenn Rache und Vergeltung daraus resultieren. Und schon mein Großmütterchen aus dem vorletzten Jahrhundert sagte oftmals: „Nur weil da keine Pferde sind – muss nicht keine Retourkutsche kommen."

Danke, dass Du in der Vergangenheit viele Ereignisse abgefedert hast, relativiert und heruntergespielt oder selbst getragen hast. Wahrscheinlich wurde die Last zu groß für Dich. Deine Rückenschmerzen kenne ich und es tut mir weh, daran zu denken, welche Gebirge Du auf deinem Rücken herumschleppst. Das tut mir unendlich leid, denn ich hätte gerne geholfen mitzutragen. Eine allenfalls wünschenswerte Änderung erreichst Du nur, wenn Du die Betroffenen konkret auf das Problem ansprichst. Ich sehe es als verpasste Chance, weil Du es nicht getan hast. Doch ich wünsche Dir in Zukunft Mut dazu.

Dir danke ich, für die Übernahme der Patenschaft für den Jungjäger während des Jagdlehrganges in meiner Zeit der Abwesenheit. Es sei Dir eine Ehre, waren deine Worte, an die ich mich so gut erinnere. Ich war beruhigt darüber.

Danke, dass nun auch das Jäten neu in den Aufgabenplan von Jungjägern aufgenommen wurde. Anderseits weiß ich bis heute nicht, ob das Jäten für den Jungjäger oder für mich bestimmt war. Diese glorreiche Idee kann nur ein Specht gehabt haben. Meine Unkraut Toleranz kennst du zwar nicht. Doch ich gestehe, sie ist grenzenlos. Nicht, dass ich nicht jäten würde. Das wilde Grünzeug gefällt mir einfach besser, wie ein Garten. Du hast mir keinen klaren Auftrag erteilt, mein Lieber. Wahrscheinlich hast Du Dich mangels Geistreichtum dieser Jagdlehrgänger-Aufgabe gar nicht getraut. Das kann ich sehr gut nachvollziehen. Denn Menschen mit Herz verspüren frühzeitig Scham für Unzulänglichkeiten. Meine Großmutter hätte das nicht treffender ausdrücken können. Selbstverständlich hätte ich das Jäten mit allen Hüttenmitgliedern organisiert und mich dabei tatkräftig ins Zeug gelegt.

Danke, dass Du immer so offen kommunizierst, dass es jeder versteht. Trotzdem weiß ich bis heute nicht, was Sache ist mit dem Hirschgehege-Jungjäger vor fünfzehn

Jahren. Er benötigte die Jägerprüfung wegen seiner Hirsche, war der Tenor. Das Protokoll von seiner Zeit habe ich gelesen und es wurde von der ganzen Versammlung so genehmigt. Der Aktuar sollte ihm damals den Termin zum Tontaubenschießen übergeben, damit er an einem Herbstjagdtag teilnehmen könne. Du warst es, der mir erzählt hat, der Schwarzspecht sei bei diesem seinerzeitigen Jungjäger gewesen und der hätte über die Jäger geschimpft. Doch nur Du weißt schlussendlich, was stimmt und wofür du dich schämen müsstest.

Danke, dass ich jetzt jegliche Verantwortung abgeben konnte. Ich weiß, dass ich mit dem Schwarzspecht ein Tabu gebrochen habe, weil ich seine Persönlichkeit angesprochen habe. Wenn ich einen Schwarzspecht als solchen erkenne, dann kann ich nicht anders, als das Thema beim Namen zu nennen. Ich kann Schwarzspechte niemals auf den Sockel heben, den sie nicht verdient haben. Zwar sind es geschützte Vögel, doch gehören sie nicht zu den gefährdeten Arten und ich empfinde ich als nützlich. Die Kultur einer

Jagdgesellschaft jedoch durch einen Schwarzspecht bestimmen zu lassen ist erbärmlich, beschämend und insbesondere gefährlich. Wir sind schließlich mit geladenen Waffen unterwegs.

Danke, dass Du Ausgrenzung, Lügen, Manipulation und Schandmäulern keinen Nährboden gibst. Dass Du es nicht zulässt, dass langjährige Kameraden verleugnet und unter Druck gesetzt werden oder gar diskreditiert oder ausgelacht werden. Die Alten hatten immer einen Platz in der Hütte. Mit diesen Werten will ich Dich in Erinnerung behalten, auch wenn Du die letzten Jahre einfach weggeschaut hast und die Führung delegiert und abgegeben hast. Da zitiere ich gerne meine geliebte Großmutter, die sagte: „Kind. Wenn ein anderer Deine Aufgabe erledigt, bist trotzdem Du dafür verantwortlich, dass sie gut erledigt wird."

Danke, dass du deinen Verstand für die Faktenklärung eingeschaltet hast. Fakten kommen vom Verstand und diese zu hinterfragen ist notwendig. Insbesondere dann, wenn sie auf Aussagen von

Spechten beruhen. Der Schwarzspecht hat seinen Freund den Buntspecht schon lange beeinflusst und so ist der Buntspecht in sein altes Muster zurückgefallen. Ich habe Dich gewarnt, dass das nicht passieren darf. Doch aus den Zwillingen sind nun Drillinge geworden. So muss ich dich konsequenterweise in Zukunft auch Specht nennen. Würde Dir Grünspecht gefallen?

Denk an die schöne Zeit und sei nicht enttäuscht, dass es nun zu Ende ist. Du kennst mich jetzt seit über dreißig Jahren und du hättest wissen müssen, welches meine Werte sind und wofür ich immer einstehen werde. Meine liebe Großmutter sagte schon immer: „Kenne deinen Wert, dann hast du keinen Preis!"

Du hättest wissen müssen, dass ich niemals zu einem Schwarzspecht-Handel, auch wenn es mein eigener Vorteil wäre, zustimmen würde. Ich könnte niemals so wegschauen, wie Du es tust, wenn es um Menschen, meine Kameraden und Freunde geht. Ich habe das Spiel nicht durchschaut, weil es für mich nichts zu hinterfragen gab. Ich habe Dir vertraut.

Danke, dass du mich beschützt hast. Insbesondere, wenn der Schwarzspecht in meiner Nähe war, war es dir nie wohl. Gemerkt habe ich es nie – doch gespürt habe ich es mit der Zeit. Du hast es immer gewusst. Nur hast du dich nicht getraut es auszusprechen. Ja, zu den Frauen habt ihr in der Vergangenheit immer geschaut. Ein neues Frauenbild wird jetzt Einzug halten. Ich passe nicht in dieses Korsett. Weil ich keines trage, nie eins getragen habe und auch nie eines tragen werde. Doch bitte verwechsle meinen Charakter nicht mit meinem Verhalten. Mein Charakter bin ich, aber mein Verhalten hängt vom Gegenüber ab. Und so kann es sein, dass ich laut werde, wenn ich sonst nicht gehört werde. „Wir Frauen sind nicht zum Schweigen da." Wie weise doch meine Großmütterchen immer schon war.

Danke, dass Du mich beschützt hast, bevor Schlimmes passiert. Nur weiß ich nicht, wie ruhig du schlafen kannst, nachdem Du im tiefsten Innersten genau weißt, was für ein Mensch der Schwarzspecht ist. Du hast ihn jetzt kennengelernt, wie er lügt, betrügt und zu was er fähig ist. Das wird nie aufhören. „Es gibt immer einen Grund, wenn man einen Grund haben will." Du weißt von wem diese Worte sind.

Danken möchte ich Dir, dass Du mich austauschen wirst und niemals ersetzen. Und verzeih' mir, dass ich wieder meine Großmutter zitiere: „Niemand ist ersetzbar – nur austauschbar."

Danken will ich Dir, dass Du das alles auf Dich nimmst. Du weißt gar nicht, wie sehr du dir selbst schadest, wenn alles auf Lug und Betrug aufgebaut ist. Du verlierst den letzten Funken Ehre und gar deine Würde und am Ende trägt Deine Seele Schaden. Das steckt niemand einfach so weg, mein Lieber. Das gönn' ich Dir nicht.

Vorgestellt und jetzt?

Am letzten Tag unseres äußerst erholsamen Urlaubes, wollten wir uns noch kurz persönlich von Adele verabschieden und gleichzeitig ein paar Kilo Alpkäse kaufen. Adele ließ uns nicht einfach so ziehen. Bei einem Gläschen Vintschgauer Weißburgunder aus einer bekannten Meraner Kellerei durften wir nochmals den einzigartigen Charakter des Südtirols von Trauben aus über 25jährigen Reben kredenzen. Dazu gab es ein Schmalzbrot und Schinken. Adele erzählte uns die Geschichte ihrer Freundin Lea. Diese Geschichte passte zu den alten Reben, die auf den Böden aus verwittertem Schiefer, Granit und Gneis, karg und sandig, so ein sagenhaft reichhaltiges Aroma hervorbrachten.

Lea war ihre langjährige Jagdfreundin und ebenso langjährige Jägerin und hatte das Revier auch wegen dem Schwarzspecht verlassen. Sie hatte sich bei einem anderen Revier, drei Seitentäler weiter östlich beworben und wollte im darauffolgenden Jahr die Ausbildung zur Jagdaufseherin machen.

Da es bekannt wurde, dass sie eine versierte Jägerin und Hundeführerin sei, wurde sie von einem jüngeren Pächter angefragt, ob sie im Jagdverein mitmachen möchte. Sie könne kurz eine Bewerbung schreiben und dann würde man sich gegenseitig kennenlernen. Sie setzte die Bewerbung auf und überreichte diese dem Anfrager. Kurze Zeit später wurde sie telefonisch kontaktiert und der Kennenlerntermin festgelegt. Lea fragte noch, ob sie etwas Süßes oder Salziges mitnehmen solle. Salzig war die Antwort. Also nahm sie 12 Bratwürste mit, die sie extra beim Metzger holte.

Das Treffen fand im Wald statt, wo eine alte Baubaracke stand. Es regnete in Strömen. Sie klopfte an die Barackentür, die schnell aufging. Sie trat ins Innere.

Mit Händedruck begrüßte sie zwei ältere Herren, einen Jüngeren und einen Mittelalterlichen und den Anwerbenden. Nennen wir ihn Tom.

Das Gespräch verlief etwas stockend. Nach einer Weile fragte Lea, wer denn die Bratwürste auf den Grill lege. Das sei sie, da sie diese ja auch mitgebracht hätte, sagte einer der Alten mit festem Ton. Kein Problem. So ging sie mit Tom nach draußen. Die Glut war gerade richtig und alle 12 Bratwürste wurden auf den Rost gelegt. Als sie die richtige Bräune hatten, und das Fett anfing in die Glut zu tropften, gingen beide zurück in die Baracke. Das ganze Dutzend Bratwürste wurden von der wenig redseligen Gesellschaft genüsslich verzehrt.

Nach einer kurzen Weile meldete sich einer der Alten zu Wort. „Ja dann wollen wir wohl jetzt die Versammlung abhalten wegen Dir." Seine etwas Mücken-abwehrende Handbewegung wertete Lea als vornehmlich abwertend. Also, er sei gar nicht dafür, dass man jemand neu in den Verein aufnehme. Es hätte sich bewährt zu viert unterwegs zu sein. Sie wäre ja, gemäß der Bewerbung, ein richtiger Vollprofi und wäre im Revier bestimmt völlig unterfordert. Zudem eine Frau käme nicht in Frage. Es sei schon mit Frieda im Revier dort und mit Rosi im Revier da und mit der Silke im unteren Revier und mit Bernadette im hinteren Revier gar nicht gut gegangen. Also er wäre nicht dafür. Lea nahm sich sichtlich zusammen nicht die Augen zu verdrehen.

Der zweite Alte pfiff ins gleiche Loch. Sie überlegte sich, ob sie nicht aufstehen und einfach gehen sollte. Doch irgendetwas hielt sie zurück und irgendwann war diese Versammlung zu Ende. Man trat aus der trockenen Baracke in den Regen hinaus.

Es ging um die allgemeine Verabschiedung, als der eine merkte, dass er drinnen noch etwas vergessen hatte. „Wer hat denn den Schlüssel," kam die Frage auf. „Der ist bereits abgefahren und er wohnt im Dorf Tirol. Wir haben nur einen Schlüssel," sagte jemand. Leas Augen rollten auch dieses Mal nicht.

Schließlich stand sie mit Tom allein draußen vor der Baracke. Die anderen saßen bereits im Trockenen in ihren Autos und waren abgefahren. Da fragte sie: „Ich weiß jetzt also auch nicht und komme überhaupt nicht mehr nach. Was hat denn das jetzt geheißen?" „Du bist dabei und wirst nächstes Jahr als Pächterin aufgenommen," sagte Tom. Die zwei Alten wissen noch gar nicht, dass bei uns im Südtirol das Jagdgesetz ändert. Über

Siebzigjährige zählen dann nicht mehr zur Mindestpächterzahl. Andere Regionen haben das schon länger eingeführt und der Vintschgau folgt auf die nächste Ausschreibung.

Adele schmunzelte, als sie nach ihrer Erzählung halblaut zur nicht anwesenden Lea sprach: „Ja super Lea, dann wünsche ich Dir doch von Herzen viel Weidmannsheil, beste Kameradschaft, viel Anblick und frohes Hundegeläut. Ich freue mich auf eine Einladung in deinem neuen Revier."

Wie hätte Adele diese Geschichte nicht auch noch mit einer Lebensweisheit ihrer Großmutter, Gott hab' sie selig, abrunden können? Die Verstorbene hätte ihr als Mädchen damals gesagt: „Hei Kindchen. Du wirst schon sehen, dass Menschen wie Bücher sind. Einige täuschen dich mit dem Umschlag und andere überraschen dich mit dem Inhalt."

Jagdliche Sprichwörter

Mit einigen jagdlichen Sprichwörtern wird dieses Büchlein ebenfalls befüllt. Ich habe mir erlaubt ein paar Lebensweisheiten aufzuschreiben, die ich von der Umgangssprache ins Jagdliche übersetzt habe.

Wer andern einen Fuchsbau gräbt, fällt selbst hinein.
(Wer andern eine Grube gräbt, fällt selbst hinein)

Den Sprung vor lauter Böcken nicht mehr sehen.
(Den Wald vor lauter Bäumen nicht mehr sehen)

Lügen haben kurze Läufe.
(Lügen haben kurze Beine)

Der Bock steht nicht weit vom Einstand.
(Der Apfel fällt nicht weit vom Stamm)

Ein Pirschgang am Tag hält den Doktor fern.
(Ein Apfel am Tag hält den Doktor fern)

Abdrücken ist Silber, beobachten ist Gold.
(Reden ist Silber, Schweigen ist Gold)

Einen Bock schießen
(Jagdlich = Erfolg, Umgangssprache = Fehler machen)

Mit dem Wissen wächst der Zweifel.
(Johann Wolfgang von Goethe)

Allein das Jagdfieber macht die Beute.
(Paracelsus: Allein die Dosis macht das Gift)

Es ist nicht jeder Schuss ein Treffer.
(Es ist nicht alles Gold, was glänzt)

Wir sind verantwortlich für das, was wir tun und auch für das, was wir nicht tun.

Wer zum Schluss kommen will, findet einen Weg; die anderen finden eine Ausrede.
(Wer Gutes tun will, findet einen Weg; die anderen finden eine Ausrede.)

Der beste Weg, Beute zu machen, ist, früh aufzubaumen.
(Der beste Weg, die Zukunft vorauszusagen, ist, sie zu gestalten.)

Nichts ist so begangen, wie der Wechsel.
(Heraklit von Ephesus: Nichts ist so beständig, wie der Wandel.)

Zu hoch aufzubaumen kommt vor dem Fallen.
(Hochmut kommt vor dem Fall.)

Der Schuss macht den Knall.
(Der Ton macht die Musik)

Die Jagd ist doch kein Wunschkonzert.
(Das Leben ist doch kein Wunschkonzert.)

Mancher Treffer oder Abschuss ist erst gut, wenn wir ihn gut sein lassen.
(Ernst Ferstl: Manches wird erst gut, wenn wir es gut sein lassen.)

Der frühe Jäger erlegt den Bock.
(Der frühe Vogel fängt den Wurm.)

Es ist noch kein Jäger, der keinen Fehlschuss macht, vom Himmel gefallen.
(Es ist noch kein Meister vom Himmel gefallen.)

Morgenstund ist Gold für Jäger und Hund.
(Morgenstund hat Gold im Mund)

Was Du heute kannst erlegen, blickst Du Morgen nicht mehr an.
(Was Du heute kannst besorgen, verschiebe nicht auf Morgen.)

Der Fuchsrüde stinkt in der Ranz.
(Der Fisch stinkt vom Kopf her.)

Lieber den Jährling erlegt, als den Kapitalen immer entwischen lassen.
(Lieber der Spatz in der Hand, wie die Taube auf dem Dach.)

Hunde, die bellen, jagen spurlaut.
(Hunde, die bellen, die beißen nicht.)

Man soll den Jagdtag nicht vor dem letzten Trieb loben.
(Man soll den Tag nicht vor dem Abend loben.)

Einem geschenkten Bock, schaut man nicht in den Äser
(Einem geschenkten Gaul, schaut man nicht ins Maul.)

Tauben machen auch Strecke.
(Kleinvieh macht auch Mist.)

Andere Jagdgesellschaft, andere Sitte.
(Andere Länder, andere Sitten.)

Der Fuchs, der lässt das Mausen nicht.
(Die Katze lässt das Mausen nicht.)

Da steht der Bock im Unterholz.
(Da liegt der Hund begraben.)

Auch ein blinder Jäger findet noch sein Korn.
(Ein blindes Huhn findet auch mal ein Korn.)

Etwas Rotes bringt Glück.
(Scherben bringen Glück.)

Jeder erlegt seinen Bock selbst.
(Jeder ist seines Glückes Schmied.)

Ein Fehlschuss kommt selten allein.
(Ein Unglück kommt selten allein.)

Schweiß ist dicker als Wasser.
(Blut ist dicker als Wasser.)

Was der Jäger nicht kennt, das schießt er nicht tot.
(Was der Bauer nicht kennt, dass frisst er nicht.)

Ein Bastbock macht noch keine erfolgreiche Jagd.
(Eine Schwalbe macht noch keinen Sommer)

Ist der Fuchs aus dem Bau, dann kümmert das keine Sau.
(Ist die Katze aus dem Haus, dann tanzt die Maus.)

In der Not schießt der Jäger Krähen.
(In der Not frisst der Teufel Fliegen.)

Man muss den Bock locken, solange die Brunft dauert.
(Man muss das Eisen schmieden, solange es heiß ist.)

Die dümmsten Jäger, schießen die kapitalsten Böcke.
(Die dümmsten Bauern haben die dicksten Kartoffeln.)

Ein gebrannter Jäger meidet den Fehlschuss.
(Ein gebranntes Kind scheut das Feuer.)

Kommt Zeit, kommt Bock.
(Kommt Zeit, kommt Rat.)

Das Glück des Jägers nur, liegt in Wald und Flur.
(Das Glück der Erde liegt auf dem Rücken der Pferde.)

Die Flinte ins Korn werfen

Sommerbock

Bereits am 1. Mai darf nach mehrmonatiger Ruhe im Revier mit der Kugel Jagd auf den Sommerbock gemacht werden. Hat sich der Jäger im März und April intensiv mit der Wildzählung beschäftigt und ist diese nun abgeschlossen und vom Förster genehmigt, so ist es jetzt an der Zeit die ersten Böcke zu erlegen. Bereits Anfangs/Mitte Mai bis Mitte Juni setzen die Rehgeißen ihre Kitze. Der wackere Jägersmann sitzt dann nicht nur auf dem Hochsitz und sucht den Bock, er unterstützt den Landwirt auch mit Verblenden der zu mähenden Felder, damit die Rehkitze nicht vermäht werden. Das angeborene Duck Verhalten der Kitze in den ersten vier Wochen nach Geburt hat schon manchem Jungtier den Tod gebracht, wenn die schnellen Schneidemaschinen übers Feld rollen. Mit dem Einsatz von Vergrämungstechniken, Drohnen und Wärmebild wird heute versucht die Rehkitze zu retten.

Die Sommerbockzeit ist eine ausgesprochen spannende Zeit. Im Mai ist es einfacher einen noch unerfahrenen Bock zu erlegen, da die jungen Böcke verjagt werden und nun etwas orientierungslos herumirren. Die Kapitalen sind da schon vorsichtiger unterwegs und halten sich lange in der Deckung auf.

So hatte ich mir vorgenommen meinen Sommerbock dieses Jahr auch zu erlegen. Schon einige Male war ich durch den Wald gepirscht und schon einige Male hatte ich Stunden auf dem Hochsitz verbracht. Weder die frühen Morgenstunden noch die langen Abendansitze hatten den gewünschten Erfolg gebracht, doch langweilig war es nie. Das wache Jägerauge spricht die kleinsten Dinge im Wald an. Das Ohr hört alles und schält die unterschiedlichsten Geräusche und Tonalität heraus. Die Intuition lässt einen spontan in die richtige Richtung schauen. Dieses Mal war es nun auch schon am Eindämmern. Die Sonne war gerade untergegangen und bald hieß es abbaumen, letztes Büchsenlicht. Das sind die letzten 5 Minuten, die je nach Zielfernrohr und Dämmerungszahl noch für einen Schuss vertretbar sind. Ich hatte keinen Anblick gehabt, doch war ich glücklich an der frischen Luft mit lautem Vogelgezwitscher, wenig Stechmücken-surren und in der freien Natur gewesen zu sein. Ich erhob mich von der Sitzfläche des kleinen Hochsitzes und wollte mich soeben zum Abbaumen umdrehen, da ich immer rücklings abbaume, als ich im Unterholz drei Rehe erblickte. Diese waren also in meinem Rücken herangezogen und ich hatte sie weder gehört noch anderswie wahrgenommen. Da war der Bock dabei. Dieser verhoffte auf 80 Meter und stand auf den Hinterläufen und suchte sich junge Blätter vom hohen Buchenast und äste genüsslich vor sich hin. Sofort hackte ich den Rucksack wieder an der Seite des Hochsitzes ein, damit ich meine Hände für die Büchse frei hatte. Es würden noch etwa drei oder vier Minuten verbleiben, dann wäre es zu dunkel für einen Schuss. Ich hatte keine Auflage, um meine Büchse für einen Schuss auf diese Distanz ruhig zu fixieren. So kniete ich mich auf die Sitzfläche des Hochsitzes und strich mit der linken Hand die Tanne an, wo sich vorher noch mein Rücken angelehnt hatte. Damit konnte ich mit der Hand eine Auflagefläche für meine Büchse fixieren. Die Büchse platzierte ich auf dem linken Daumen und Zeigefinger, die sich fest gegen den Baumstamm drückten. Den rechten Zeigefinger hatte ich bereits am Abzug, das Auge am Zielfernrohr und der Bock war im Visier. Der Kugelfang war in Ordnung. Hinten hob sich das Gelände etwas an, der Schuss würde dort im Waldboden abgebremst werden und keine weitere Gefahr konnte ausgemacht werden. Doch der Bock stand schlecht. Ich konnte ihn jetzt deutlich als Spießer ansprechen. Die zwei Stangen, welche noch keine Verzweigungen haben, waren gut über Lauscher hoch. Beide Stangen hatten lange, helle, spießige Spitzen. Ein richtiger Feger, dieser Bock. Vorsichtshalber und um möglichst schnell reagieren zu können, entsicherte ich und stach ein. Immer noch deutlich sah ich den Bock zwischen den dicken Balken des Absehen 1. Ein Zeichen dafür, dass die Distanz knapp 100 Meter betrug, ich hatte gut geschätzt. Doch der Bock stand falsch. Blatt müsste er stehen. Wenigstens sein Haupt noch ein bisschen zu mir hindrehen. Ich konnte den Stachel meines Absehens nicht sauber im Ziel platzieren. Jetzt drehte sich der Bock etwas herum. Ich strich mit dem Stachel an der Hinterseite des vorderen Laufes hinauf, genau in die Mitte des Wildkörpers. Dort lag das Herz. Würde ich jetzt schießen, müsste ich aufpassen, dass ich den Rückstoß abfedern konnte, damit ich nicht rücklings den Hochsitz hinunterfallen würde, dachte ich einen Moment. Ich atmete nochmals tief durch und, zog die Waffe deutlich an meine Schulter und legte mein Gewicht nach vorne. Schon zog ich sanft den Abzug. Als der Knall ertönte, sah ich wie der Rehbock einbrach. Treffer. Ich lud die Waffe nach und holte dann meinen Feldstecher hervor, um das erlegte Tier zu orten und zu beobachten, was als nächstes passierte. Der Bock lag nicht unter der Buche. Wo lag er? Nach einer intensiven Feldstecher-Absuche zündete ich mir eine Zigarette an. Ich rauchte sie nervös zu Ende. Es war kein Genuss, Unruhe machte sich in meinem Innern breit. Zwischenzeitlich war es nun auch dunkel geworden. Ich baumte ab und lief langsam zum Auto. Dort setzte ich mir die Stirnlampe auf, verstaute den Rucksack und holte Diana meine Schweizer Niederlaufhündin aus der Hundebox. Die freute sich und sie empfing mich fröhlich, schwanzwedelnd. Hatte sie doch den Schuss gehört und sie wollte mir unbedingt zeigen, wo der Bock lag. Gut hatte ich die Schweiß Halsung und die Schweiß Leine dabei. Wir liefen los. Beim Hochsitz angekommen legte ich Diana ins „Platz". Sie kannte das Prozedere. Die 10 Meter lange Schweiß Leine wurde der Länge nach ausgelegt und ich zog ihr die Schweiß Halsung über den Kopf. Seit dem Schuss waren nun gut fünfzehn Minuten vergangen, es war dunkel. Ich orientiere mich nochmals nach der Schussrichtung, indem ich nach oben zur Sitzfläche des Hochsitzes hinaufschaute. Dann zeigte ich mit dem Arm die Richtung an und gab Befehl: „Diana such verwund." Sogleich fing sie mit tiefem Fang an zu suchen und lief mit ebenso tiefem Fang und hoher Rute los. Ich folgte ihr an der lockeren langen Leine mit einigen Metern Abstand.

Nach achtzig Metern schnupperte sie intensiv bei der hohen Buche. Ich sah im Licht der Stirnlampe viel Schweiß am Boden liegen. Das beruhigte mich. Das Tier würden wir schnell finden. Diana bog nach links. Nach zwanzig Metern kamen wir an ein Jungwuchsgebüsch, kleine, mannshohe Tännchen versperrten uns den Weg. Diana verschwand sogleich darin. Ich lief mit straffer Leine hinterher. Nach weiteren wohl zehn Metern wurde die Leine locker. Diana bellte kurz. Da lag der noch warme Bock. Sie hatte ihn sofort gefunden und ihn verbellt. Sie war sichtlich stolz, was sie mir mit wedelnder Rute zeigte. Klar wurde sie „abgeliebelt" und gelobt. War ich froh meinen Hund dabei zu haben.

An den Hinterläufen zog ich den Bock aus dem Gebüsch. Von einem tiefhängenden Weißtannenast brach ich einen kleinen Zweig ab, kniete mich vor dem Bock nieder und gab ihm den letzten Bissen. Ich fühlte mich dankbar in diesem Moment. Jetzt konnte ich überprüfen, wo der Einschuss lag. Meiner Meinung nach ein glatter Blattschuss. Das Aufbrechen würde dann weiter Klarheit verschaffen. Tatsächlich war es so, dass der Schuss das halbe Herz zerfetzt hatte. Es war ein glatter, sauberer Blattschuss. Der Bock war in dem Moment tot, als er getroffen wurde. Die dreißig Meter Fluchtstrecke waren vielleicht noch dem Auspumpen der Herzkammer zuzuschreiben oder es war ein kurzer Reflex, Deckung aufzusuchen. Weidmannsheil und Suchenheil.

Der geblattete Lockruf der gemeinen Rehgeiß

Ich hatte soeben meinen Hochsitz bestiegen. Aufgebaumt, wie der Jägersmann sich ausdrückt. Ich ließ den letzten Tritt der senkrechten Holzleiter hinter mir und war sichtlich froh, dass keiner dieser unbekannten Jagdgegner die Tritte eingesägt hatte, um mich vom Weidwerk abzuhalten.

Obwohl! Es war mir vor zwei Jahren passiert, dass sich ein Tritt auf einer Seite der Holzleiter löste und ich nach hinten auf den Rücken fiel. Gut war der Waldboden weich und dämpfend und gut stürzte ich nur vom zweituntersten Tritt. Damals überlegte ich nicht sonderlich, wieso sich dieser Tritt durch mein fünfundfünfzig Kilogramm Körpergewicht gelöst hatte, hatten doch starke und schwergewichtigere Männer diesen Hochsitz vor mir bestiegen.

Heute hatte ich meine Büchse dabei, Kaliber 222 Rem. Kein großes Geschoss, doch ausreichend für den Sommerbock. Ein schnelles Geschoss mit genügender Auftreffenergie. Das auf der Büchse montierte Zielfernrohr, kurz ZF genannt, war

Spitzenklasse und es würde den Bock genau dahinnehmen, wo ich ihn haben wollte. Ins Fadenkreuz. Ich wollte dieses Jahr unbedingt mein Soll ebenfalls bringen. Einen schwachen Bock, eventuell Hegeabschuss und wenn immer möglich, einen kapitalen. Jeder Pächter hatte zwei Böcke frei. Doch nicht jedem Pächter behagte die Sommerbockjagd. Anfangs der Bock Jagd sollte ein junger, eher schwacher Bock erlegt werden. Den Kapitalen entnehme der gute Jägersmann dann erst nach der Brunft, der sogenannten Blattzeit, welche Mitte Juli einsetzt und Mitte August zur Neige geht. Eine besondere Jagdphilosophie, die mir immer wieder zu denken gab. „Der Kapitale müsse halt noch vererben." äußerten sich einige Jäger, deshalb werde er geschont. Als ob der nicht schon lange sein Erbgut hinterlassen hatte, war immer wieder in meinem Kopf. Jeder Kapitale wird einmal ein alter Bock. Alte Böcke sind schlau, vorsichtig, treten spät aus und sind auch für erfahrene Jäger eine jagdliche Herausforderung.

Insbesondere die bereits Zurückgesetzten, diejenigen, die einmal Kapital waren und den Zenit überschritten haben. Ein besonderes „Jägerlisgfell" einen Zurückgesetzten erlegen zu können.

Ich hatte also sämtliche Tannennadeln von der Sitzfläche entfernt, auch des Jägers bestes Teil sitzt gerne bequem. Meine Znüni Tasche war ausgepackt. Fein säuberlich assortiert lagen da Cervelat, Dijonsenf, Brotscheiben, Tomate, Möhren und Apfel. Die Vögel hatten soeben wieder angefangen zu zwitschern. Das Gezwitscher unterbrechen sie immer für kurze Augenblicke, wenn Störenfriede wie ich durchs Unterholz pirschen, wie eine Dampfwalze im Porzellanladen. Versuchen Sie mal lautlos durch den Wald zu schleichen. Den Fuß an den Heerscharen von trockenen Blättern und Ästen vorbei, lautlos hinzustellen. Lautlos ist möglich, doch diese Zeit nehme ich mir selten bis nie. Man kann im Vorfeld auch Pirschwege schneiden und mit dem Besen kehren, damit keine Geräusche die Ankunft ankündigen. Meistens geradewegs begebe ich mich zum Hochsitz. Wohlwissend, dass die Natur nur Zeitbruchteile in ihrer Ruhe gestört sein wird. Die Harmonie kehrt sofort ein, wenn ich dann endlich aufgebaumt und eingerichtet bin. Niemals bin ich so empfindlich auf Geräusche wie da oben, drei Meter über dem Boden, an einen Baum angelehnt. Vogelgezwitscher, Bienensummen, Flügelschlagen, Blätterfallen, Baumwipfel wiegen. Gar jeden Mäusepieps höre ich. Über das Geräusch der nagenden Wespe weiß ich heute auch Bescheid. Bestimmt eine Stunde hat es gedauert, bis ich endlich wusste, was da so komisch leise monoton ertönte und sich in mein Gehör einbohrte und vom Verstand nicht eingeordnet werden konnte. Außen an der Seitenwand des Hochsitzes, Kenner würden jetzt schon bald von einer Kanzel sprechen, also außen an der Seitenwand des Hochsitzes, hat eine Wespe den Anstrich abgenagt. Das Nagematerial können diese „Gelbwesten" für den Nesterbau einsetzen. Das Nagen war sehr deutlich zu hören, man musste nur erkennen, was es überhaupt ist. Tja, jedem darf ich das ja nicht erzählen, dass ich manchmal die Wespen nagen höre. Schon ein bisschen seltsam, nicht?

Genau in diesem Moment, ich schlemmere mich gerade an einem Cervelat genüsslich, und tat dies nach guter Weidmanns-

manier, Rädchen weise, mit dem Hirsch-
geweih behornten Taschenmesser, welches ich kürzlich von einem guten deutschen Freund geschenkt bekommen
hatte.

Nur nebenbei sei hier betont, dass „weid-
frauengerecht" dazu ein Messer, den Genuss nur einzudämmen vermöchte. Fai-
rerweise darf man sagen, dass bei den
Wursträdchen der Dijonsenf präziser plat-
ziert werden kann und auch

verhältnismäßiger. Weiß Frau doch nie im Voraus wie ein großes Stück vom Ganzen sie abbeißt. Der Dijonsenf brannte mich brutal und stechend in der Nase. Etwa so, als würden sündige Gedanken sofort bestraft werden. Genau da, wo man die Brille aufzusetzen pflegt, brannte es fürchterlich im Luftkanal der Nasenlöcher. Ich getraute mich für eine spitze Ewigkeit nicht durch die Nase zu atmen. Dabei überlegte ich mir während Bruchteilen von Sekunden, was weniger schmerzhaft wäre, das Ein- oder das Ausatmen. Ich konnte mich nicht entscheiden. Schon hatte sich der Schleier

von Augenwasser verzogen und mein Jägerauge durchsuchte den Forst nach Wild. Ich atmete tief durch den Mund. Es ist gar nicht so einfach und bestimmt nicht nur bequem, im 360 Grad Winkel, um den Hochsitz herum und präzis auch darunter mit Garantie zu sagen, dass sich kein Wild in Schussdistanz aufhält. Das im Radius von jeweils etwa 100 Meter. Vom Rückwärtsschauen bekomme ich jeweils Verspannungen und direkt unter dem Hochsitz liegt der tote Winkel oder mein persönliches Bermuda-Dreieck. Schon mancher wackere Jägersmann wurde da vom Wild getäuscht und alle Böcke des Reviers hatten sich genau dort zur Strategiesitzung eingefunden. Dies machen sie immer gleich nach dem Aufbaumen des Grünrocks und noch bevor die Büchse gespannt und geladen ist.

Ich beugte mich zum Kontrollblick vor. Ich suchte meinen Bock. Ich wollte ihn mit hoher Nase wittern. Soeben hatte ich mich nach allen Seiten vergewissert, dass er nicht in der Nähe war, als ich mich an die Worte meiner Jägerkameraden erinnerte, als die Rede von der Blattjagd war. Den Bock könne man über weite Distanzen, vor allem in der Brunftzeit mit dem Lockruf der Rehgeiß zu sich heranholen. Das wollte ich auch einmal versuchen. Unbedingt. Auch wenn jetzt im Mai, überhaupt keine bockige Brunftlaune in der Luft hing.

Den Lockruf der Rehgeiß kann man mit einem Buchenblatt nachahmen, das wusste ich. Zufälligerweise stand mein Hochsitz genau an einer Buche angelehnt. Wer sich jetzt fragt, wieso denn die Tannennadeln zum bequemen Sitzen beseitigt werden

mussten, gehört zu den relativen Scharf-
denkern. Böen von Wind, Eichhörnchen,
der vorwitzige Eichelhäher, Wetterein-
flüsse, befähigen gewisse Tannennadeln
zu wahren artistischen Höchstleistungen.
Etwa so wie im Zirkus. Gleich unter der
Kuppel und über dem Trapez mit den
Flugkünsten der Seiltänzer und Salto-
mortale-Akrobaten zu vergleichen. Trotz
möglicher Übersetzungsfehler aus dem
Jägerlateinischen darf ich eingestehen:
„Es war definitiv eine Buche, an der mein
Hochsitz anlehnte." Sympathisch, dieser
Baum! Dem Zwecke dienlich, steht er im
richtigen Moment genau an der richtigen
Stelle. Er gibt Schutz und Schirm, ist kräftig, elegant. Ein schöner Baum, mächtig,
wenn er ausgewachsen ist und die vielen
Grüntöne seiner Blätter leuchten. „Sympathisch," sagte ich in Gedanken zu mir
selbst „und ziert nicht nur das Familien-
wappen meines Gatten!"

Ich nahm mir also so ein feingesägtes,
glattes Buchenblatt vom nahen Ast. War
auch ein bisschen vor Ehrfurcht gerührt
über das zarte Grün des Blattglanzes und
über die Weichheit seiner Oberfläche. „Wie
bei meinem geliebten Ehemann," ertappte

mich wieder ein leises gedankliches Selbstgespräch. Wie man damit den Lockruf nachahmen sollte, war mir in diesem Moment noch völlig schleierhaft. Als lösungsorientierter Mensch gibt es für mich tausend Möglichkeiten, wenn ich mir etwas vorstellen muss, was ich nicht kenne. Wie könnte wohl die Rehgeiß ihren Geliebten anlocken wollen? Mit welchen Tönen? Hoch oder tief, voll oder fein, mehr piano oder mezzoforte, langanhaltend oder kurz unterbrochen? Da denke ich an eine ganze Symphony. Ich entschied mich für die intuitive Variante. Göttliche Eingebung schien mir in Momenten der Partnersuche treffsicherer wie pure Berechnung. So nahm ich dann die glatte Seite des Buchenblattes an meine Lippen. Rechts und links des Blattes zog ich ein wenig, damit es gespannt war. Nun blies ich gepresst durch meine Lippen und vernahm ganz schauerliche Laute, die mich mehr an Blähungen erinnerten, wie an tierische Liebesgrüße. Gottseidank brach nun das Buchenblatt mitten entzwei. Das sollten Rehgeißen Lockrufe gewesen sein? Niemals wäre eine gutbürgerliche Rehgeiß in der Natur imstande der Umwelt solche Laute anzutun. Niemals würde ein noch so minimal brunftiger Rehbock auf diese Rufe hereinfallen. Da musste ich mich schon ein bisschen mehr anstrengen. Mütterchen Natur würde es mir dieses Mal nicht so einfach machen und mir den Lockruf sozusagen in den Schoss oder Mund legen. Nein, nein. Buchenblatt um Buchenblatt musste geopfert werden. Drei Meter tiefer unter mir häuften sich schon wahre Blattberge. Wenn das so weitere ginge, würde ich mich nicht mehr abbaumen müssen, sondern könnte mich einfach ins frische Laub fallen lassen. Ein schöner und amüsanter Gedanke zugleich, der mir ein weiteres Lächeln ins Gesicht zauberte.

Ich erinnerte mich an den Sommermorgen von Letztjahr, als ich in aller Herrgottsfrühe, grüngekleidet, auf meinem Hochsitz angekommen, den fröhlichen Farbtönen und Vogelklängen frönte. Es war unchristlich früh, zwar schon etwas hell und ich vermisste die warme, zarte Hand meines Gatten, die mich zu diesen Stunden jeweils sanft um den Bauch hielt. Meinen Geschäftsanzug hatte ich im Auto hängen. Ich wollte nach der Sommerbockjagd so gegen neun Uhr energiegeladen in bester

Frische im Büro sein. Wirklich, ich frönte Klängen, Tönen, Farben und Formen, die man zu solcher Tageszeit, frisch und frei, völlig offen und ton- und farbenhungrig mit nur wachem Sinn und offenem Ohr wahrnimmt. Ich genoss die Ruhe, die Harmonie, die frische Luft. Atmete einige Male tief durch und schloss die Augen, um den Duft und die Akustik noch intensiver aufzunehmen. Als ich die Augen wieder öffnete und auf die Uhr blickte, war es bereits nach acht Uhr.

Das Brummen der goldig fetten Hummel, nur knappe zehn Zentimeter neben meinem linken Ohr, hatte mich erschreckt und aufgeweckt. Ich war, ob diesem absoluten Einklang und Morgenkonzert eingeschlafen und war nun zwei Stunden Schönheitsschlaf schöner. Der Tag fing gut an, an diesem so freundlich erwachten Morgen anfangs August. Ein wahrer Brunfttag für Rehböcke. Ich hätte Hexenringe um meinen eigenen Hochsitz gezogen, hätte ich damals bereits die Kunst des geblatteten Rehgeißen Lockrufes beherrscht. Dies einfach so aus purer Lebensfreude.

Übrigens Hexenringe ergeben sich in der Brunftzeit, wenn der Rehbock die Geiß im Kreis, also im Hexenring, herumjagt. Er kontrolliert durch das Schnuppern den Harn und damit den Eisprung. Herumjagen finde ich jetzt auch ein bisschen übertrieben. Die Rehgeiß lockt den Bock, lässt

Sich schubsen und zieht vertraut in der mehr oder weniger gleichen Laufbahn, was wir dann später als solche imaginären Hexenringe bezeichnen. Ich teile die Meinung von Verliebten. Der Rehbock muss die Rehgeiß verzaubert haben, weshalb sie nicht vom Kreis ausbricht. Oder umgekehrt.

Vielleicht hat das Brauchtum diesen Jagdausdruck „Hexenring" hervorgebracht, weil es für einen Jäger so unerklärbar aussieht, wenn er plötzlich große Ringe im Gras sieht. Als ob Hexen ihren Tanz aufgeführt hätten. Wahrscheinlich hat da schon einmal ein Jägersmann in seinem Kopf den hauseigenen Ehestreit mit auf die Blattjagd mitgenommen und mit den Zeichen der Natur synchronisiert. Dabei muss diese Namensgebung entstanden sein.

Aber zurück zum geblatteten Lockruf der gemeinen Rehgeiß. Ich habe es an diesem Ansitztag nicht mehr geschafft einen Rehbock dahinzukriegen, wo ich ihn haben wollte. Obwohl das Fadenkreuz auch bei starker Dämmerung immer noch sichtbar ist, weil es sich ja um ein ZF von Spitzenqualität handelt. Es ließ sich zwar ein schwaches Böcklein im Bast und teils noch im Winterhaar blicken. Nur kurz zwischen dem aufgeforsteten Jungschutz, spähte der Jüngling Richtung Buche. Unbeweglich schauten wir uns in die Seher. Auge in Auge, wie wir das immer machen. Ich bin mir sicher, dass dies nicht die Antwort auf meine geblatteten Buchenlaute waren. Es war Zufall. Es war Natur und zudem gar keine Blattzeit.

An einem Juliabend habe ich es wieder versucht. Kaum hatte ich durchs Buchenblatt geblasen, kam ein Echo zurück. Von weit weg hörte ich ein dunkles, tiefes Geräusch als unmittelbare Antwort auf meine Anfrage. Ich habe meine Jagdkameraden gefragt. Sie meinten, es könne sowohl Bock wie Geiß gewesen sein, die geantwortet haben. Ich habe bestimmt zehnmal geblattet. Während rund dreißig Minuten bekam ich immer unmittelbar Antwort in demselben tiefen, kratzenden Ton. Ich bin mir sicher, dass ich mit dem Buchenblatt auf der richtigen Fährte bin. Ich scheine den Cerviden Kodex endgültig geknackt zu haben. Beim Knacken komme ich mir statt Jägerin fast ein bisschen als Gangsterbraut vor.

Ganz ehrlich, und mal so von Frau zu Frau oder Waid Frau zu Waid Frau sozusagen. Haben sie schon mal einen brunftigen Bock mit dem Lockruf der gemeinen Rehgeiß angelockt, um ihn schluss- oder Schuss endlich ins Fadenkreuz zu nehmen? Der Einschuss ist nur 4-5 Millimeter groß, der Ausschuss hingegen, infolge der Aufspaltung des Geschosses 3 – 4 Zentimeter. Ein präzis platzierter Schuss, dem vorderen Lauf hinaufgestrichen, bis zur Mitte des Wildbrettes, gibt den allesgerühmten Blattschuss. Zerreißt in Bruchteils Sekunden das halbe Herz. Der Rehbock merkt nicht einmal, dass er sofortschnell, hundertstelsekundenpräzis und ultimativ aus dem Cerviden Leben gerissen wurde. Eigentlich gemein, wenn die gemeinen Rehgeißen blatten! Nicht?

Mein alter Jagdfreund hat mir damals den Zettel für das „erfolgreiche Blatten" in die Hand gedrückt. Die Erkenntnisse teile ich gerne mit dem interessierten Leser.

Wie blattet man?

Mit dem Grashalm zwischen den zwei ausgestreckten Daumen eingespannt. Man blase unter dem Knöchel, bis es tönt.

Mit dem Buchenblatt auf der glatten Seite. Etwa ein Drittel umlegen und glattstreichen, dann strecken. An die Lippen halten.

Mit einem gefertigten oder gekauften Blatter.

Wann blatten?

Vor Beginn der Brunftzeit – wenn die Geißen gesetzt haben und die Schmalrehe allein sind, dann wieder ab Mitte August.

In der Hochbrunft von Mitte Juli bis Mitte August Pause

Wenn es heiß ist: Morgen- und Abenddämmerung.

Bei trübem und regnerischem Wetter den ganzen Tag.

Wie ertönt der Blattruf?

Nach dem Ansitzen 10 Minuten warten

3 – 7 Fiep-Laute tief alle 2 – 5 Minuten, dann Pause, 2 Serien (Fiep nur bis 1.8.)

Dann PIA, 3 – 7 „ich bin brünstig"

Dann 2 – 3 Serien Spreng-Fiep mit Pause

Plus eventuell eine Serie Geschrei – dann 15 Minuten Ruhe

letzte Möglichkeit: Kitz-Fiep – mindestens 40 Minuten warten.

Wo wird geblattet?

Gute Deckung und Tarnung

In lichtem Stangenholz, immer vom Hellen ins Dunkle

Bei Standortwechsel mindestens 800 Meter weiter

Viel Spaß und insbesondere Anblick beim Ausprobieren!

Herbstjagdtage

Die Herbstjagdzeit ist immer etwas Spezielles. Sie wird auch die laute Jagd genannt. Treiber und Hunde begleiten die Jägerschar. In drei oder vier Trieben wird den ganzen Tag gejagt. Der Mittagsaser ist kurz. Dafür bleibt am späten Nachmittag Zeit und natürlich wird am Abend gemütlich beim Aser Feuer zusammengesessen. Es werden Geschichten erzählt mit viel Jägerlatein. Das ist nicht lügen, das gehört zur Jagd. Vielleicht wird gar eines dieser Jägerlieder gesungen, ein Witz erzählt oder ein Gedicht vorgetragen.

Die meisten Bockschützen spendieren einen Bockwein an die Treiberschar. Ein willkommener Weidmannsdank für ihre gute Arbeit.

Bald kommt dann die Adventszeit und die zeigt an, dass die Herbstjagdsaison sich wieder dem Ende zu neigt. Die vorweihnächtliche Jagd ist meistens besonders kalt und verschneit. Akustisch werden Töne und Laute durch den Schnee in Watte gepackt. Da bei der Jagd alle Sinne gefordert sind, ist das eine ganz besondere Zeit. Hört man auf trockenem Laub das

Wild an wechseln, so steht es im verschneiten Wald plötzlich vertraut vor einem. Plötzlich hört man den Hörnerklang der Jagdkameraden kaum mehr. Töne werden wahrlich vom Schnee verschluckt.

Das Adventsgedicht von Loriot passt wunderbar in diese verschneite, heilige Zeit. Es reimt und dichtet wunderbar. Doch aufgepasst, es ist äußerst makaber.

Adventsgedicht

(Christoph-Carl von Bülow alias Loriot 1923-2011)

Es blaut die Nacht. Die Sternlein blinken.
Schneeflöcklein leise niedersinken.
Auf Edeltännleins grünem Wipfel
häuft sich ein kleiner weißer Zipfel.

Und dort, vom Fenster her durchbricht
Den dunklen Tann' ein warmes Licht.
Im Forsthaus kniet bei Kerzenschimmer
Die Försterin im Herrenzimmer.

In dieser wundschönen Nacht
hat sie den Förster umgebracht.
Er war ihr bei der Heimes Pflege
Seit langer Zeit schon sehr im Wege

So kam sie mit sich überein:
Am Niklasabend soll es sein.
Und als das Rehlein ging zur Ruh
Das Häslein tat die Augen zu.

Erlegte sie – direkt von vorn –
Den Gatten über Kimm' und Korn.
Vom Knall geweckt rümpft nur der Hase
Zwei-, drei-, viermal seine Schnuppernase.

Und ruhet weiter süß im Dunkeln,
derweil die Sternlein traulich funkeln.
Doch in der guten Stube drinnen,
da läuft des Försters Blut von hinnen.

Nun muss die Försterin sich eilen,
den Gatten sauber zu zerteilen.
Schnell hat sie ihn bis auf die Knochen
nach Weidmanns Sitte aufgebrochen.

Voll Sorgfalt legt sie Glied auf Glied
was der Gemahl bisher vermied –
behält ein Teil Filet zurück,
als festtägliches Bratenstück.

Und packt zum Schluss – es geht auf vier
Die Reste in Geschenkpapier.
Da dröhnt's von fern wie Silberschellen.
Im Dorfe hört man Hunde bellen.

Wer ist's, der in so tiefer Nacht
Im Schnee noch seine Runde macht?
Knecht Ruprecht kommt mit goldenem -Schlitten
Auf einem Hirsch herangeritten!

He, gute Frau, habt ihr noch Sachen,
die armen Menschen Freude machen?
Des Försters Haus ist tief verschneit,
doch seine Frau steht schon bereit:

«Die sechs Pakete heiliger Mann,
ist alles, was ich geben kann!»
Die Silberschellen klingen leise.
Knecht Ruprecht macht sich auf die Reise

Im Försterhaus die Kerze brennt.
Ein Sternlein blinkt:
Es ist Advent.

„Nach einer intensiven Herbstjagdzeit hat
der Jäger meist drei bis fünf Kilogramm
zugenommen und sein Hund ist abgema-
gert," sagt mein alter Jagdkamerad und
zwinkert mit dem linken Auge, während
er sich über den Bauch streicht. Mit

seinem üppigen Bäuchlein geht er wohl schon einige Jahre auf die Jagd und die Herbstjagd zeichnet jedes Mal ihre Spuren auf seine Hüften und rundherum.

Am 15. Dezember endet dann die gemeinsame laute Jagd. Der geplante Abschuss müsste nun erreicht sein. Der Jagdleiter kann sich nun etwas ausruhen. Bestimmt wird er froh sein, dass nichts Sicherheitsrelevantes passiert ist, trägt er doch die Verantwortung während dieser Zeit. Deshalb ist sein Wort Befehl.

Die Herbstjagdtage sind sehr professionell von unserem Jagdleiter organisiert. Es werden Fahrgemeinschaften gebildet. Die Stände sind gut markiert und den Jägern im Voraus bekannt. Die Jagdgebiete sind bestens signalisiert und allfällige Passanten wissen, dass hier gerade gejagt wird. Die Treiber kennen die Route und sind vom Cheftreiber instruiert worden.

Nur das Wetter kann der Jagdleiter nicht organisieren. Dafür hat der Jäger bekanntlich gute Kleider.

Großer Weidmannsdank an alle Jagdleiter dieser grünen Gilde.

Trio und Quartett

Gerne denke ich an den sonnigen Herbstjagdtag vor vielen Jahren zurück, als ich
vom Jagdleiter mitten in ein Dornenfeld
gesetzt wurde. Es ging schon langsam gegen Ende Jahr, so hatte der erste Schnee
die Dornen doch etwas heruntergedrückt
und ich konnte mir mit meinem einbeini-
gen Jagdsitz in der Mitte einen Stand nie-
dertrampeln und mich bereit machen. Die
Flinte war geladen, der Jagdbeginn war
angehornt. Somit beginnt die Jagd für diesen dreiviertelstündigen Trieb. Es vergin-
gen keine fünf Minuten und von vorne
schnürte ein Fuchs, etwa 50 Meter entfernt, aus dem Unterholz direkt auf mich
zu. Ganz langsam hob ich die Flinte und
schaute über die Schiene hinüber zum
Fuchs. Der Schuss streckte ihn nieder
und er blieb auf der Stelle liegen. Zwei
Hornstösse zeigten meinen Jägerkameraden an, dass der Fuchs im Feuer lag.

Etwa zehn Minuten später sah ich links einen unklaren Schatten im Stangenholz.
Ich machte mit meinem Einbein ganz
sachte eine Vierteldrehung in diese Richtung und hob gleichzeitig die Flinte, die

ich vorher sofort wieder nachgeladen hatte. Dieses Mal war es eine Dublette, die den Fuchs niederstreckte. Zwei Hornstösse zeigten meinen Jägerkameraden an, dass der Fuchs im Feuer lag.

Die Treiberlinie war schon seit geraumer Zeit am Dornenfeld vorbeigezogen, als ich hinter mir ein leises Geräusch wahrnahm. Ganz sachte drehte ich mich mit dem Einbein um 180 Grad und wieder nahm ich während der Drehung die Flinte lautlos und sachte in den Anschlag während ich sie gleichzeitig entsicherte. Da war der Rotfuchs doch tatsächlich auf 20 Meter an mich herangeschnürt, ohne mich in der Nase zu haben. Ich drücke und dann noch ein zweites Mal, weil er einen heftigen Sprung zur Seite machte. Dort blieb er liegen. Zwei Hornstösse zeigten meinen Jägerkameraden an, dass der Fuchs im Feuer lag.

Nun war mir die Munition ausgegangen. Ich hatte nichts mehr im Hosensack zum Nachladen. Es wurde aber kurze Zeit später abgehornt. Der Trieb war zu Ende. Auf dem Sammelplatz fragten mich meine

Jagdkameraden aufgeregt, wieso ich denn so ein Schützenfest veranstaltet hätte. Sie, wie auch ich, waren erstaunt, dass ich auf einem Stand drei Füchse erlegen konnte. „Weidmannsheil," klopften sie mir anerkennend auf die Schultern.

An einem anderen Herbstjagdtag in einem anderen Jahr hatte ich wieder großes Jagdglück. Dieses Jahr führte ich meine Hündin, die bereits zwei Jahre alt war. Auf dem Stand hatte ich soeben den Kugelfang gesichert und ich hatte mir gemerkt, in welchen Sektoren ich schießen durfte und wo es unter keinen Umständen ging, weil dahinter eine Durchgangsstraße lag. Nach dem Anhornen konnte ich meinen Hund vom Stand schnallen, was der Jagdleiter so erlaubt und eingeplant hatte. Es ging nicht lange und ich hörte aufgrund der Art und Weise wie meine noch junge Hündin bellte, dass sie gestochen hatte und spurlaut mit dem Reh unterwegs war. Der Klang kam nun deutlich näher und näher. Ich nahm die Flinte in den Anschlag und konzentrierte mich. Ich wusste genau, wo mein Standnachbar war, ich wusste aber nicht genau, wo mein Hund war. War er nah beim Reh, so würde ich ihn mit einem

Schuss gefährden. Doch das Hundegeläut hörte sich weiter entfernt an. Schon brach die Rehgeiß aus dem Jungwuchs heraus. Ich drücke ab und sie lag sofort im Feuer. Ich bliess drei Hornstösse und meine Jagdkameraden wussten, dass das Reh lag. Meine Hündin folgte fünf Sekunden später und beschnupperte sofort die tote Rehgeiß, die sie nun begann abzulecken, dort, wo Schweiß austrat. Ich lobte meinen Vierbeiner und liebelte ihn ab. Obwohl Stolz eine Untugend ist. Ich war stolz auf meine Hündin, dass sie mir die Geiß gebracht hatte und stolz auf das Zusammenspiel, ihr diese Geiß abnehmen zu können.

Nach einiger Zeit suchte mein Hund erneut nach Wild. Ich hatte nachgeladen und wartete, was da noch an wechseln möge. Ein großer Fuchs schnürte aus der gleichen Richtung, wie die Geiß an gewechselt kam. Flinte hoch, Blick über die Schiene. Auch der Reinecke lag im Feuer. Zwei Hornstösse, für Fuchs liegt im Feuer, informierte ich meine Jagdkameraden. Welche Freude. Bald würde sich dieser Trieb zum Ende neigen, als ich einen laut kreischenden Eichelhäher über mir im

Baumwipfel ausmachte. Flugwild hatte der Jagdleiter offen beziehungsweise nicht für „Hahn-in-Ruh" erklärt. Flinte hoch in die Lüfte. Auch dieser Schuss saß, der Eichelhäher flatterte herunter, fast vor meine Füße. Das Problem war nun, dass ich kein Jagdsignal kannte, welches Flugwild totverbliess. Also zeigte ich meinen Kameraden mit zwei Hornstössen an, dass nochmals ein Fuchs liege.

Beim Sammelplatz konnte ich dann das Rätsel auflösen. Das Weidmannsheil war allseits groß.

Es ging auf zum letzten Trieb für diesen Tag. Ich musste über einen kleinen Bach springen und hatte soeben meinen Stand bezogen, die Flinte wurde geladen und ich hatte den Hornstoss für den Start gehört, abgenommen und weitergegeben. Es sollte ein kurzer Trieb werden. Schon sah ich einen Hasen durch den blätterbedeckten Waldboden laufen. Zick und zack, zick und zack. Er würde seitlich an mir vorbeilaufen. Ich hatte noch nie einen Hasen erlegt. Hier unten im Tal waren sie offen, im Wald oben wurden sie von uns Jägern freiwillig geschont. Während dieser Gedanken hob ich geistesgegenwärtig im gleichen Moment die Flinte. Beim nächsten Zack würde es knallen. Dieses Mal war es ein einziger Hornstoss, der meine Jagdkameraden informierte, dass der Hase lag.

Schon wollte ich mit einem gewaltigen Satz wieder über den kleinen Bach springen, da rief mir der Jagdkamerad, der dieses Mal bei den Treibern aushalf, zu. „Warte! Mein Hund apportiert Dir den Hasen!"

Und tatsächlich. Was für ein Schauspiel. Der Springer Spaniel mit dem Namen

Barco nahm den Hasen in den Fang und stolzierte damit die rund zwanzig Meter zum Bach. Rechts und links seiner Schnauze hing der Hase heraus. Dann nahm er einen riesigen Satz über das Bächlein und er lief die letzten Meter geradewegs zu mir hin. Dort setzte er sich vor mich und legte mir den Hasen zu meinen Füssen, nachdem der Hundeführer ihm „Aus!" zugerufen hatte.

Welch wunderbarer Jagdtag ging zu Ende. Ich hatte Flug-, Raub-, Rehwild erlegt und dazu einen Hasen.

Ein wahres jagdliches Quartett!

Ich glaube es war der letzte Hase, der im Revier erlegt wurde, danach verzichteten die Jäger auf die weitere Bejagung, wie auf den Seiten 36/37 beschrieben.

Hörnerklang und Bläsercorps

Das Jagdhorn hat im Jagdbetrieb einen hohen Stellenwert und ist ein guter und sympathischer Botschafter für die Jagd. Jagdmusik gehört zum Brauchtum der Jagd, diese jagdlichen Klänge sollen gepflegt werden.

Wird das Horn (meist Kuh- oder Ziegenhorn) während dem Jagdbetrieb als reines Blashorn zur Verständigung eingesetzt, so ist das Jagdhorn (Fürst-Pless-Horn oder Parforce-Horn) das edlere Stück mit besonderem Klang. Die Töne werden auch als Naturtöne bezeichnet, weil sie mit dem Mund geformt werden. Das erfordert einige Übung. Erst dann erklingen sie rein und gehaltvoll.

Jagdmusik untermalt die Begrüßung oder das Verabschieden an jagdlichen Anlässen, ehrt beim Todverblasen das erlegte Wild, wenn die Strecke gelegt ist, untermalt Hubertusmessen und ist ein Ohrenschmaus für diejenigen, welche diese blechernen Jagdklänge schätzen. Zuweilen erzählt die Jagdmusik auch Geschichten.

Bei den Geschichten denke ich an den „Litermarsch" mit seinem urigen Text.

Kommt doch herbei,
kommt doch herbei.
Jäger, Treiber.
Kommt doch herbei,
kommt doch herbei.
Essen gibt's jetzt.

Erbsensuppe mit fettem Schweine-
bauch,
Erbsensuppe, Schnaps gibt es auch!

Mit dem einfachen Blashorn werden Signale mit unterschiedlichen Intervallen zur Verständigung während des Jagdbetriebes geblasen. Es dient zur Kommunikation im Wald. Und tatsächlich gibt es im Wald, in den Bergen oder in den Tälern und abgelegenen Gebieten viele Funklöcher und oft keinen Handyempfang Da greift man gerne aufs altbewährte Horn zurück. Diese Signale können regional sehr unterschiedlich sein. Es empfiehlt sich deshalb als Jagdgast nachzufragen, was Usanz ist. Manchmal werden die Klänge, insbesondere das An- und Abhornen vom Standnachbar abgenommen und somit an den nächsten weitergegeben und manchmal nicht. Manchmal wird nicht nur der Rehabschuss angezeigt, sondern gleich noch, ob Bock oder Geiß im Feuer liegt.

Die allgemein bekannten Signale mit dem Kuh- oder Ziegenhorn während des Jagdbetriebes sind:

- bedeutet langer Ton   . bedeutet kurzer Ton

-	Anhornen (Jagd beginnt)
.	Hase tot
..	Fuchs tot
...	Reh tot
--- ... ... -	Abhornen (Jagd vorbei)

Meiner Hündin Diana habe ich ein besonderes Signal für den Rückruf zu mir auf den Stand oder zum Sammelplatz konditioniert.

- ...- .. ..   - ...- .. ..   - ...- .. ..

Rufe ich ihr in Wald oder Flur mit obigen Hornklängen, dann spiele ich diese Intervalle auf meinem umgehängten Kuh Horn. Wahrscheinlich kennt mein Hund den Klang meines Hornes. Nach dem Spiel halte ich meist noch die Hand hohlgeformt um mein rechtes Ohr um besser hören zu können, ob sie antwortet. Nicht selten vernehme ich aus weiter Distanz, das kann dann gut und gerne bis zu einer Entfernung von einem Kilometer gehen, ein weit entferntes „Wau", was so viel heißt wie „ich komme". In 2 – 4 Minuten steht meine vierbeinige Jagdfreundin dann neben mir. Das funktionierte bis jetzt immer sehr verlässlich. Nur wenn sie spurlaut jagt lässt sie sich nicht von der Fährte abbringen oder wenn sie zu weit entfernt ist, dann muss ich halt ein bisschen warten und nochmals den Rückruf blasen, bis sie es hört. Die Freude des Wiedersehens ist gegenseitig immer riesig. Wir sind halt einfach ein großartiges Team. Konditioniert habe ich das im Welpenalter, als Diana das Futter mit diesen Hornklängen in die Schüssel gereicht bekam und damit zum Fressen gerufen wurde.

Doch nun zum Bläsercorps mit den feinen, kunstvollen Jagdmusikklängen. Ich war weder in einer Blasmusik noch in einer Guggenmusik vertreten. Meine Handorgelkenntnisse haben dazu geführt, dass ich starke Fingermuskeln habe aber keine ausgeprägten Lippenmuskeln. Noten lesen kann ich trotzdem nicht. Das Üben ist von Nöten, um im Herbst mindestens einen halbwegs guten Ansatz zum klangvollen Spielen der Jagdmusikstücke zu haben. Ohrwürmer, die man auch ohne Noten gut einprägen kann.

Die Begrüßung, Aufbruch zur Jagd, Hase tot, Fuchs tot, Reh tot, Flugwild tot, Schwarzwild tot, Hirsch tot, Auf Wiedersehen, Halali, zum Essen und wie die gängigsten Stücke alle heißen.

Ein alter Jagdfreund hat mich seinerzeit ermuntert im Bläsercorps ebenfalls mitzumachen. Er hat mir sein Fürst-Pless-Horn geschenkt und mich aufgemuntert über die ersten schrecklichen Töne hinwegzuhören und es einfach zu probieren und meine Scheu vor falschen Tönen zu überwinden. Heute bin ich eine passable Bläserin mit schwachem Ansatz, gutem

Taktgefühl und Kenntnissen der geläufigsten Jagdmusikstücke. Wir haben von Mai bis September immer am Mittwochabend geübt. Das Bläsercorps ist der musikalische Stolz einer gut verbundenen und brauchtumsorientierten Jagdgesellschaft. Nicht selten werden zwei- oder dreistimmige Stück vorgetragen und die Mischung von Parforce- mit Fürst-Pless-Hörnern ergibt eine ganz besondere Fülle.

Doch was tun, wenn einer immer falschspielt?

Tja, meine hohen Töne treffe ich auch nicht immer. Die Hohen sind auch die Schwierigsten. Insbesondere dann, wenn die Lippen schon müde und verkrampft sind und noch eine zweite Runde ansteht.

Mein Bläserkamerad rechts von mir behauptet felsenfest er spiele die zweite Stimme. Doch eigentlich ahmt er eher das Krächzen des ausgehungerten Kolkraben nach.

Dann geht es um das gefühlvolle Spielen. Die Töne sollen nicht abrupt abgebrochen werden, sondern länger anhaltend gespielt werden. Manchmal piano, manchmal forte. Die Nuance von mezzoforte überfordert mich und manchmal auch meine Kameraden.

Deshalb legen wir doch etwas mehr Wert auf die Gesamt-Performance, sprich den Auftritt. Beine etwas breit gestellt, rechte Hand umfasst das Horn. Das Mundstück des Horns ankert auf Gurthöhe an der Hüfte. Die linke Hand ist locker, senkrecht zum Hosenbein gestreckt. Und: „Horn auf! Eins, zwei, drei."

Tatatada
tatatada
tatatada
tatatada!

Füchse, Ranz und Vollmondnacht

Im April bin ich durch den Wald gepirscht. Ich wollte den alten Fuchsbau aufsuchen

und schauen, ob dieser befahren ist. Man sieht das deutlich, wenn vor dem Bau gesäubert ist und schnell findet man das Loch, wo der Fuchs hinein- oder hinausgeht.

Ich versuchte leise zu sein und spähte über eine leichte Anhöhe etwa sechzig Meter zum Bau hinunter. Ich wartete einige Minuten und machte dann wieder ein paar Schritte. So ging das einige Male, bis ich langsam näher kam und unterhalb des Baus eine Bewegung wahrnahm.

Die Fuchswelpen waren draussen. Sie genossen die warmen Sonnenstrahlen, erkundeten schüchtern die Umgebung und spielten zaghaft und tolpatschig miteinander. Deutlich war am Fellflaum zu erkennen, dass sie noch wenig Sonnenlicht gesehen hatten. Dieser war immer noch dunkel und der rötliche Farbstich hatte noch nicht Überhand gewonnen.

War das lustig den verspielten Kerlchen zuzuschauen. Wenn sie ineinander gekuschelt einschliefen zuckten sie ab und zu. Ich vergass die Zeit und habe mich zwei Stunden lang köstlich amüsiert.

In einer winterlichen Vollmondnacht war ich während der Ranzzeit, welche von Dezember bis Februar dauert, unterwegs. An diesem Tag war ideales Wetter. Es lag etwas Schnee, es war kalt und insbesondere wolkenlos. Im Mondkalender hatte ich nachgeschaut, wann der Mond wo aufgehen würde. Mondlicht ist für die nächtliche Fuchsjagd unerlässlich, da keine künstlichen Lichtquellen verwendet werden dürfen. Im Schnee hebt sich der Fuchs deutlich ab und man sieht ihn gut.

In der Ranzzeit ist es eine verlässliche Methode entweder zu „mäuseln" oder den Bell-Laut des Rüden oder den Ranz-Schrei der Fähe nachzuahmen.

Lieber Leser, Sie konnten sich „beim geblatteten Lockruf der gemeinen Rehgeiß" bereits überzeugen, dass ich diese Reizlaute nicht wirklich beherrsche. „Doch Übung macht den Meister," ist ein altbekanntes Sprichwort.

Am Waldrand stand ich im Dunkel und „mäuselte" durch meine Lippen. Etwa 200 Meter weiter hinten hatte ich einen Fuchs auf dem Feld erspäht. Dieser versuchte durch die gefrorene Bodendecke an eine Maus zu kommen. Mein „Mäuseln" würde ihn bestimmt in meine Nähe locken. Die Jagdflinte meines verstorbenen Vaters hatte ich geladen. Es war eine leichte, gutführbare Flinte mit Kaliber 16. Den Flintenlauf hatte ich extra mit einem Strumpf überzogen, denn der Mondschein sollte nicht das blanke Eisen zum Blitzen bringen. Das würde mich verraten. Nochmals setzte ich zum Mäuseln an. Einmal imitierte ich eine sich verirrte Haselmaus, dann wieder eine sterbende Wühlmaus und als letztes nun die draufgängerische Spitzmaus.

Plötzlich flatterte es vor meinem Kopf. Das Herz viel in meine Hose und klopfte dort mit heftigen Schlägen weiter. Ich blieb regungslos stehen. Oberhalb von mir auf dem dicken Ast hatte sich eine Eule niedergelassen. Sie hatte wohl mein Mäuseln gehört und auf Beute gehofft. Eulen sind absolut geräuschlose Jäger und nachtaktiv, wie ich in diesem Moment. Ich musste zuerst gehörig verschnaufen.

Ein Fuchs kam mir in dieser Nacht nicht mehr vor die Flinte.

Der Fuchs gilt allgemein als sehr schlau und listig. So freue ich mich, mit Ihnen lieber Leser, eine kleine Sprechübung zu machen.

Das geht wie folgt. Unten steht ein kurzer Satz über einen Fuchs kursiv geschrieben. Lesen Sie diesen Satz laut. Dann schauen Sie in eine völlig andere Richtung. Sprechen Sie diesen Satz nochmals, dieses Mal aus dem Gedächtnis laut aus.

Es gibt keinen Tag im Jahr, wo hat der Fuchs am Schwanz kein Haar.

Da gibt es immer einen Versprecher, nicht? Entweder ist es dann keine Dichtung mehr oder der Satz macht keinen Sinn. Doch richtig bemerkt! Der Fuchs hat keinen Schwanz, sondern eine Lunte. Nur mit dem Wort Schwanz würde dieser Vers nicht reimen.

Winterfüchse werden von mir regelmäßig abgebalgt. Der Balg von Sommerfüchsen kann leider nicht verwendet werden, da die Haare ausfallen. Nur Bälge von Füchsen, die „grün" sind, können gegerbt werden. Den leicht grünlichen Strich sieht man auf der umgekehrten Seite des Fuchsbalges. Erst, wenn es richtig kalt geworden ist, zeigt sich diese Farbe.

Ich fertige aus den Fuchszähnen Edelweiße an. Diese kann man an den Hut stecken oder sein Halstuch oder die Jacke schmücken. Manchmal verschenke ich eines. Das Letzte habe ich demjenigen Jägerkameraden verschenkt, der mich gelehrt hat, wie man Füchse abbalgt. Er trägt es würdevoll am Hut.

Fuchs und Igel

(Wilhelm Busch 1832-1908)

Ganz unverhofft an einem Hügel
sind sich begegnet Fuchs und Igel.

„Halt!" rief der Fuchs, „Du Bösewicht,
kennst du des Königs Order nicht?

Ist nicht der Friede längst verkündigt,
und weißt du nicht, dass jeder sündigt,

der immer noch gerüstet geht?
Im Namen Seiner Majestät –

geh her und übergib dein Fell!"
Der Igel sprach: „Nur nicht so schnell!

Lass' dir erst deine Zähne brechen;
dann wollen wir uns weitersprechen."

Und alsogleich macht er sich rund,
schließt seinen dichten Stachelbund

und trotzt getrost der ganzen Welt,
bewaffnet, doch als Friedensheld.

Kitzrettung im Mai

Da setzen sich mein Mann und ich am ersten schönen Samstagnachmittag im Mai zu einer illustren Gesellschaft in der Gartenwirtschaft des Lunaparks an unserem Wohnort. Ein Nachbar, ein ehemaliger Gemeinderat, ein alter Landwirt und ein pensioniertes Ehepaar sitzen draußen am runden Tisch unter den Bäumen. Alle rücken etwas weiter weg, der Kreis wird grösser und wir können uns mit zwei Stühlen ebenfalls zur Runde dazu setzen.

Das Gespräch kommt schnell in die Gänge und wir unterhalten uns gut. Da fragt mein Nachbar: „Warst Du jetzt schon mit der Drohne unterwegs?" Ich erzähle, wie einige Flüge mit Vertretern der jeweiligen Jagdgesellschaft oder den Landwirten stattgefunden haben. Wir sind auch schon fündig geworden. Haben ein Kitz markiert und ein anderes ebenfalls mit einer Kiste abgedeckt, da der Bauer das Feld mähen wollte. Ein schönes Filmchen mit dem kleinen Kitz und seinen Fiep tönen macht die Runde und der Jö-Effekt ist nicht zu überhören.

Da meldet sich der alte Gehilfe aus der Landwirtschaft zu Wort. Er hätte einmal an einem Vormittag drei Rehkitze in einem Feld vermäht. Der Schrecken stand ihm jetzt noch ins Gesicht geschrieben. Damals hätte es halt noch keine Drohnen gegeben und verblendet hätte man die Felder auch noch nicht.

„Es gibt keine hundertprozentige Variante." Beim Verblenden mit den Stöcken und Säcken setzt man auf Vergrämung der Rehgeiß, dass sie ihre Kitze über Nacht aus dem Feld in eine sichere Umgebung bringt. Mit der Drohne ist es eine Momentaufnahme frühmorgens. Wenn Wärmequellen ausgemacht werden können, und diese als Kitze identifiziert und gesichert werden können, ist das wunderbar. Doch auch mit der Drohne werden vielleicht nicht alle Kitze gesehen, weil sie unter dem dichten Blätterwerk von Placken und sonstigen breitblättrigen Pflanzen nicht als solche angezeigt werden. Sicherlich ist diese moderne Technik der Rehkitzsuche heute effizienter und besser.

So erinnere ich mich an den Telefonanruf, als mein Jägerkamerad mich im vorletzten

Jahr, an einem Donnerstag, nach dem Mittag aufgeregt suchte. Ein Landwirt hätte tagelang einen von uns gesucht, um mitzuteilen, dass am Freitagmorgen das Feld gemäht werde. Leider wäre infolge Ferien und Termine niemand vor Ort und hätte Zeit oder wäre verfügbar dafür. Er hätte leider auch einen nicht verschiebbaren Termin. So wäre er froh, wenn ich das erledigen könne. Es täte ihm leid, wenn er mich von weiter weg für diese Aufgabe anfragen müsse. Stecken und Säcke lägen im Jagdhaus bereit.

„Kein Problem. Ich kann es mir einrichten. Ich werde das in gut zweieinhalb Stunden erledigt haben," war meine Antwort. Er war hörbar froh, über diese Worte. Ich könne dann beim Landwirt nachfragen, welche Felder in Frage kämen. Also machte ich meine Arbeit schnell fertig und zog mir andere Kleider an, insbesondere gutes Schuhwerk.

Die Fahrt zum Jagdhaus dauerte eine halbe Stunde. Dort angekommen lud ich die sieben Stecken mit den bereits angehängten Säcken aufs Autodach. Ich befestigte sie mit einem Seil. Ein Spitzeisen fand ich immer Keller. Ich wusste, dass die Böden manchmal sehr hart waren und die Stecken mussten, halten.

Beim Bauern klingelte ich und ich konnte mich nach den zu mähenden Feldern erkundigen. Der war sichtlich genervt, dass sich erst jetzt jemand von der Jagdgesellschaft meldete. Er hätte jetzt seit ein paar Tagen auf die ihm vertraute Telefonnummer probiert. Doch niemand hätte abgenommen. Erst heute kam der Rückruf. Ich beruhigte ihn und erklärte, dass ich den Aufruf nach Mittag erhalten habe und ich mich dann umgehend auf den Weg gemacht hätte. Ein Feld würde oberhalb des Hauses, ein Feld gleich neben dem Haus liegen. Danke schön.

So machte ich mich an die Arbeit. Drei Stangen setze ich versetzt in das hohe Gras des unteren Feldes. Ich war froh, dass das Spitzeisen guten Dienst erwies. Beim oberen Feld war ein kleiner Teil in der Mitte nur eine wenig satte Wiese. Hier würden sie kaum liegen, weil sie sich nicht verstecken konnten. Ich hätte sie sogar im dünnen Gras liegen sehen. Gut verteilt, setzte ich die vier Stangen mit dem

Spitzeisen rund herum und versetzt. Noch eine Runde wanderte ich mit hohen Schritten durchs Gras. So das sollte genügen.

Am darauffolgenden Hegetag informierte man mich, dass der Bauer bei der Jagdverwaltung eine Beschwerde eingereicht hätte. Ich wäre unfreundlich gewesen und hätte gesagt, dass ich jetzt extra wegen ihm von weit weg hätte anfahren müssen. Zudem habe er gemeldet, dass er drei Rehkitze vermäht habe. „Der Bauer sei ein düsterer Geselle, der immer über die Jagdgesellschaft schimpfe. Schon auf der Herbstjagd hatten wir immer Probleme mit dem," meinte einer der Jagdkameraden. Weitere Beschimpfungen und Fluchwörter folgten. Der Obmann teilte die Einschätzung: „Drei Rehkitze sind das sicher nicht gewesen. Vielleicht hat er eines erwischt, das kann ja sein."

Traurige Sache. Doch letztendlich bleibt es dann immer am Maschinenführer hängen. Eine Mitverantwortung bleibt, auch diejenige der Helferinnen und Helfer. Traurig, wenn trotzdem Kitze zu Tode kommen, obwohl Maßnahmen für die Rettung unternommen werden. „Da könnte ich nicht mehr ruhig schlafen," war meine Antwort. „Ich gehe zu dem Bauern und will das genau wissen."

Ein paar Tage später klingelte ich bei dem Bauern. Er öffnete und trat auf die Türschwelle. „Da es eine Reklamation gegeben hat bei der Jagdverwaltung, wollte ich mich nochmals melden. Mein Auftreten sei als unfreundlich empfunden worden. Das war nicht Absicht, denn ich habe diese Aufgabe gerne wahrgenommen. Wenn das für sie so herüberkam, so möchte ich mich entschuldigen." „Angenommen. Danke, dass sie sich nochmals melden," war seine Antwort. Er hätte aber drei Kitze vermäht, das musste er der Jagdverwaltung und der Gesellschaft so melden, war seine weitere Erklärung. Und wieso wir denn noch keine Drohne hätten, wollte er wissen. „Das tut mir sehr leid. Doch dann könnte ich nicht mehr ruhig schlafen," entgegnete ich. Das mit der Drohne hätte sich halt noch nicht ergeben, zudem sei es sehr teuer und benötige auch die entsprechende Ausbildung und einen vertrauten Umgang und Übung mit der Technik. Grundsätzlich sei es nur eine Frage der Zeit.

Dass schließlich der Maschinenführer immer die Verantwortung trage, sei tragisch. Auch beim Autofahren sei das nicht anders. Es gäbe noch Möglichkeiten mit dem Anmähen der Felder am Vorabend, die vielleicht hilfreich sein könnten. Meinerseits hätte ich mit den Stecken und Säcken das Mögliche getan.

Es war grundsätzlich ein guter Austausch und ich verabschiedete mich mit den Worten, dass ich ihm dieses klärende Gespräch noch per e-mail bestätigen würde. Ganz sicher war auch ich nicht, ob es denn nun wirklich drei tote Rehkitze gewesen sind.

Die E-Mail bekam er am nächsten Tag mit CC an die Jagdverwaltung, unseren Obmann und den Aktuar. Die Abkürzung CC steht für „Carbon copy" und bedeutet so viel wie Kohlepapierdurchschlag. Im digitalen Zeitalter, wo Schreibmaschinen und Durchschläge endgültig verschwunden sind, ist es ein Überbleibsel, das lediglich zur Kenntnis nehmen, bedeutet.

Krähenklage

Krähen sind intelligente Flugwesen mit einer Sozialstruktur, die oft unterschätzt wird. In Feldern mit großen Saatflächen richten sie bei Maiskulturen, Getreide, Sonnenblumen, Salat oder Kartoffeln Schäden an, weshalb sie bejagt werden. Krähen können sich Gesichter merken und es gibt Jäger, die behaupten, dass Krähen Autonummern lesen und Distanzen schätzen können.

Wird nämlich das Auto parkiert und dann eine Krähe in Schussdistanz von 50 oder 80 Metern erlegt, so wird der Schwarm beim nächsten Mal bereits auffliegen, bevor dieses Auto zum Stehen kommt.

Die Krähenjagd ist also gar nicht so einfach und es braucht besonderes Geschick die schwarzen Vögel zu überlisten. So habe ich gelesen und gelernt und erfahren, dass man Krähen mit der Krähenklage anlocken kann. Das geht etwa so: Mit der Krähenklage wird eine sterbende Krähe imitiert. Auf 20 Meter Entfernung streut man einige schwarze Krähenfedern, legt einen Fuchsbalg hin und eine tote Krähe oder ein Krähenimitat. Dann ertönt durch den Locker die Krähenklage in unterschiedlichen Abständen. Das Bild zeigt also aus der Vogelperspektive eine Krähe, die durch einen Fuchs gerissen wurde und nun klagt und am Sterben ist. Das Sozialverhalten verpflichtet dieses schwarze Flugwild einerseits nachzuschauen, was da los ist und anderseits auch an der Beerdigung teilzunehmen. Meist fliegt zuerst der Späher heran, welcher die Situation klärt und schaut, ob alles in Ordnung ist. Wenn dem so ist, dann holt er andere Krähen hinzu.

Das wollten meine langjährige Jagdkameradin und ich unbedingt einmal ausprobieren. Wir überlegten lange, wo denn nun die geeignete Umgebung für unser Unterfangen sei. Die hohen Maisfelder schienen uns geeignet dafür. Insbesondere das abgelegene auf der Anhöhe. Meine Jagdkameradin und ich hatten uns also im Abstand von 30 Metern zueinander in die zweite Maisreihe gesetzt. Von oben waren wir durch die dichten Maisblätter nicht zu erkennen und aus der zweiten Maisreihe heraus konnte man trotzdem alles gut überblicken. Zuvor hatten wir das Gelände abgesucht und keine Krähe gefunden, die uns beim Aufstellen des Bildes der sterbenden Krähe beobachten würde. Wächter sitzen immer überall auf den höchsten Bäumen und beobachten ihr Gebiet. Unbeobachtet zu sein ist sehr wichtig, denn die listigen Vögel durchschauen die unredlichen Absichten sofort. Das garantiert nicht nur in der Natur das Überleben.

Lea hatte einen Krähenlocker von mir bekommen. Ich hängte mir den zweiten um den Hals. Wir hatten uns so abgesprochen, dass wir uns wie sterbende Krähen fühlen müssten, um die richtigen Krächzlaute hervorzubringen. Die klagenden Krähen mit ihrem furchterregenden Gejammer hatte ich schon oftmals gehört. Also fing ich an. „Krah", „Arrh", „Krahkrah", „Arrh" tönte es aus der zweiten Maisreihe. Ich hätte erwartet, dass aus der linken Maisreihe ähnliche Laute ertönten. Doch ich vernahm nicht dergleichen. Nur lautes Lachen tönte an mein Ohr. Lea krümmte sich, als sie meine inbrünstigen, eindringlichen und durchdringenden Krächzlaute hörte. Zwischendurch musste ich ihr ein „Psst!" zu zischen. Ich fiel selbst fast vom Hocker, so belustigend und frohgemut kam mir diese Situation vor. Die erste Krähe war im Anflug. Nun aber aufgepasst. Wir beide mussten uns sammeln und zusammenreißen, wollten wir erfolgreich sein. Schmunzelnd packte ich vorsichtig die Flinte. Der Späher flog langsam und tief über unser ausgelegtes Bild am Boden. Flatterte ein paar Mal und entfernte sich bald darauf. Nach kurzer Zeit trafen weitere Krähen ein und flogen auf Schussdistanz. Einmal, zweimal knallte es und zwei Rabenvögel fielen vom Himmel. Die Schwarzvogelschar verschwand auf den umliegenden Bäumen und hockte sich in sicherer Entfernung auf die Äste.

So das war es jetzt wohl gewesen. Wir packten alles wieder ein und verschwanden. Zur Vorsorge hatten wir unser Auto weit entfernt parkiert. Uns war bekannt, dass sich die Krähen unsere Autonummer merken würden. Die zwei toten Krähen brachten wir dem nahen Landwirt vorbei Er wollte sie bei den Saatfeldern als Abschreckung aufhängen. Er war dankbar dafür, dass ihm die Krähen dieses Jahr nicht allzu viele Körner stibitzen würden.

Die Krähe

(Von Joachim Ringelnatz 1883-1934)

Die Krähe lacht. Die Krähe weiß,
Was hinter Vogelscheuchen steckt,
Und dass sie nicht wie Huhn mit Reis
Und Curry schmeckt.

Die Krähe schnupft. Die Krähe bleibt,
nicht gern in meiner Nähe.
Dank ihrer Magensäure schreibt
sie Runen. Jede Krähe.

Sie torkelt scheue Ironie,
flieht souverän beschaulich.
Und wenn sie mich sieht, zwinkert sie
mir zu, doch nie vertraulich.

Meister Grimbart

Der Dachs ist heimlich und in der Nacht unterwegs. Nicht viele Leute dürften bereits einen Dachs zu Gesicht bekommen haben. Die Tiere mit der markanten Gesichtsmaske sind wegen ihrer Lebensweise auch nicht einfach anzutreffen.

Tagsüber verbringt der Dachs seine Zeit unter der Erde. Er hält sich in einem selbstgegrabenen Bau auf, welcher große Ausmaße annehmen kann und aus mehreren Höhlen und Tunneln bestehen. Dank seiner Krallen an den Vorderpfoten, gelingt das Graben ganz einfach. Dachsbauten werden über Jahrzehnte genutzt und von jeder Generation weiter ausgebaut. In England fand man einen Dachsbau mit 50 Kammern und 178 Eingängen, die durch fast einen Kilometer langen Tunnel alle miteinander verbunden waren. Im Dachsbau wohnen manchmal auch Füchse zur Untermiete. Dachse sind meist nachtaktiv, weshalb die Tiere eher heimlich unterwegs sind und auf Nahrungssuche gehen. Dachse sind grundsätzlich nicht wählerisch und gelten als Allesfresser. Die Tiere ernähren sich aber hauptsächlich von Regenwürmern, Früchten und Beeren. Um Regenwürmer zu finden, verschließt er seine Nase und gräbt den Boden um. Auch Schnecken, Mäuse und Kleinvögel stehen auf dem Speiseplan. Sogar vor Igeln macht der Dachs nicht halt. Im kalten Winter halten Dachse eine Winterruhe, weshalb sie sich im Sommer und Herbst eine Fettschicht anfressen.

Ich habe schon einen Dachs beim Pirschgang am frühen Morgen in einer Lichtung beobachtet. Oder einen jungen Dachs gespiegelt, der untertags die Welt außerhalb des Baus sehr interessant fand. Und wie das Bild zeigt, ist Meister Grimbart nachts unterwegs. Mit Wärmebild erkennt man ihn deutlich und insbesondere auch anhand seiner ganz besonderen Gangart.

So hatte ein Jagdkamerad im August einen weiblichen, jungen Dachs unter dem Kirschbaum erlegt. „Was machst Du mit ihm", fragte ich scheu. „Nichts", war die Antwort. „Kann ich ihn haben?", fragte ich. Die Antwort war: „Ja."

Ich wollte schon lange Dachspfeffer ausprobieren. Einige werden jetzt die Nase rümpfen und sagen: „Aber doch nicht Dachs!"

Also erinnerte ich mich an das Rezept meiner Großtante, selig. Sie war eine hervorragende Köchin und Alles Verwerterin. Zu dieser Zeit kam grundsätzlich auch alles auf den Tisch, was essbar war. Fleisch wurde sowieso nicht verschwendet. Man munkelt, dass im Tal sogar Hunde gegessen wurden. Da bin ich mir jetzt aber ganz sicher, dass Hund bei uns zuhause nie auf dem Tisch gelandet ist.

Zutaten für die Beize:

1 kg	Dachsfleisch wie Voressen
4 dl	kräftiger Rotwein
1 dl	Weinessig
1	Zwiebel mit Lorbeerblatt und Nelke
2	Knoblauchzehen, halbiert
100 g	Rüebli und Sellerie, zerstückelt
1 TL	Thymianblättchen
1 TL	Pfefferkörner, zerdrückt
5	Wachholderbeeren, zerdrückt

Zutaten für den Dachspfeffer:

Bratbutter zum Anbraten
2 TL Salz
Pfeffer aus der Mühle
3 EL Mehr
3 EL Grappa oder Gin
25 g dunkle Schokolade, gehackt
Salz, Pfeffer nach Bedarf

Zutaten für die Garnitur:

| 50 g | Rohessspeck, in Streifen |
| 50 g | Toastbrot, ohne Rinde, gewürfelt |

Und so wird's gemacht:
Alle Zutaten für die Beize kalt über das Fleisch gießen. Damit dieses vollständig bedeckt ist mit einem Teller beschweren. 4 Tage im kühlen Keller beizen, gelegentlich umrühren.

Fleisch herausnehmen, trockentupfen. Beize aufkochen und durch ein Sieb gießen und für die Sauce beiseitestellen.

Fleisch portionenweise im Brattopf in der heißen Bratbutter anbraten, herausnehmen, würzen. Mehl in derselben Pfanne unter Rühren mit dem Schwingbesen haselnussbraun rösten.

Pfanne von der Platte ziehen. Beize und Grappa/Gin abzugießen. Unter ständigem Rühren aufkochen. Fleisch beigeben und zugedeckt bei kleiner Hitze ca. 1 ½ Std. schmoren. Schokolade darunter rühren, würzen, anrichten.

Speck langsam knusprig braten und herausnehmen. Brotwürfelchen im Speckfett hellbraun rösten. Die Garnitur auf dem Dachspfeffer verteilen und servieren.

Dazu passen:
Spätzle, Knöpfli, Polenta oder Kartoffelstock und ein gekochter, halber Apfel, gefüllt mit Preiselbeeren.

Ich fragte meinen Mann, wie der Pfeffer denn nun schmecke. Er meinte: „Ooooh, hervorragend."

Mein Nachbar, der ebenfalls Jäger ist, lobte mit den Worten: „sehr gut."

Meine Jagdfreundin sagte nichts, sondern machte: „Mmmh." Dann folgte das Handzeichen mit dem aufgestellten Daumen für großartig.

Entenjagd

Bis am 31. August ist Schonzeit für die Enten, danach können sie bejagt werden. Insbesondere Stockenten sind in unseren Gegenden weit verbreitet. Der Stockenten Erpel hat schöne gedrehte Federn, die den Hut zieren und Entenbrüstchen sind geräuchert oder in der Pfanne ein besonders leckerer Schmaus. Ich habe schon eine Ente gerupft und sie dann im Backofen gebraten. Doch war das Ergebnis etwas ernüchternd. Diese absoluten Hochleistungsathleten geben wenig her und bestehen, abgesehen von der Brust eigentlich nur aus wenig Fleisch und viel Muskeln und Sehnen. Die gezüchteten Enten sind da viel ergiebiger.

Gerne erzähle ich von meinem Entenerlebnis mit meiner erst neunmonatigen Schweizer Niederlaufhündin. Diese Rasse ist nicht bekannt oder ausgewiesen für Wasser- oder Apportierarbeit. Trotzdem wollte ich sie dieses Mal dabeihaben, denn sie hatte einen guten Gehorsam. Bei der Entenjagd geht der Hund etwa 30 Meter vor dem Jäger. Er kann die Ente anzeigen, indem er stehen bleibt, bestenfalls vorsteht. Dann wird er zum Wasser geschickt, um die Enten zum Auffliegen zu bewegen. Gejagt wird mit der Flinte und bleifreiem Schrot von geringem Durchmesser. Der Schuss aufs Wasser ist nicht die wahre weidmännische Art. Zudem können Wasserschüsse auch Abpraller verursachen. Ich verzichte darauf. Es ist sicherheitstechnisch wichtig, dass die Ente eine gewisse Flughöhe hat, damit eine Gefährdung von zufälligen Spaziergängern oder anderen Passanten ausgeschlossen werden kann. Der Schuss hat himmelwärts keinen Kugelfang, so muss auch der Abstand zu bewohnten Gebieten gewährleistet sein. Es ist in stark begangenen Gebieten also recht anspruchsvoll die Entenjagd zu betreiben. Meist bietet sich regnerisches Wetter am besten dafür an.

Wir hatten sicherheitshalber vorher die Polizei unter Nummer 117 informiert, dass wir auf der Entenjagd waren und unsere Angaben hinterlassen. Damit konnte vorgebeugt werden, dass die Blaujacken nicht ausrücken mussten, wenn Schüsse gemeldet würden. Wir waren zu zweit im Abstand von 80 Metern mit meiner

Hündin unterwegs, die vor mir herlief. Ich konnte ihr mit einem Pfiff das Kommando „warten" signalisieren. Dies nutzte ich immer dann, wenn der Abstand zu mir zu groß wurde.

Jetzt blieb sie stehen und witterte mit dem Fang Richtung Wasser. Es fiel mir auf, dass sie ihre rechts Pfote anhob, wie ein Vorstehhund. Das gefiel mir und ich schmunzelte. Ich machte mit der Hand eine Bewegung, die wir eingeübt hatten. „Geh voran," hieß dieses Handkommando. Sie strich durch das hohe Gras zum Wasser und bellte dann kräftig. Ein richtiger Wasserhund hätte sich jetzt wohl hineingestürzt. Sie stand mit den Läufen im Wasser, welches ihr bis zum Bauch reichte und bellte lautstark. Dabei lief sie hin und her. Jetzt sah ich die drei Enten auf der anderen Flussseite auf etwa fünfzig Meter, seitlich versetzt. Eine stieg nun auf und flog weg von uns. Ein prüfender Blick bestätigte mir, dass niemand auf der anderen Seite entlangkam. Die beiden anderen Enten flügelten heftig, stiegen nun auch auf und gewannen an Höhe. Dieses Mal ging es in unsere Richtung. Mein Jagdkamerad hinter mir schoss. Im

Sturzflug sauste die Ente hinunter auf unsere Feldseite. Er holte sie. Die Entenjagd ging weiter. Nach einer schwachen Flussbeugung sollte hinten ein Schilfstreifen auftauchen. Ich rief Diana meine Hündin zurück, weil sie etwas zu weit vorgeprescht war. Langsam und prüfend liefen wir im Abstand von vielleicht 10 Metern dem Wasser stromaufwärts entlang.

Jetzt blieb Diana wieder stehen, hob die rechte Pfote und schnupperte. Sie ging hinunter zum Wasser und bellte wieder kräftig. Das „Quäh, quäh" verriet mir, dass da Enten waren. Schon flog eine, nein zwei auf Schussdistanz in die Höhe. Ich schnellte die Flinte hoch und lugte über die Schiene und im gleichen Moment, intuitiv, ging der Schuss. Die hintere Ente fiel vom Himmel und landete im Schilfstreifen auf der anderen Flussuferseite. Ein richtiger Wasser- und Apportierhund hätte jetzt die besondere Aufgabe bekommen das Wasser schwimmend zu queren und dann die Ente zu apportieren. Meine junge Hündin hätte das überfordert. Das wusste ich.

Etwas weiter oben hatte es eine Brücke. Dort könnten wir den Fluss trocken überqueren und uns dann die Ente holen. So machten wir uns auf. Im Schilfgürtel eine Ente zu finden ist gar nicht so leicht. Auch wenn man sich gemerkt hat, wo sie hinfiel. „Such Ente!", war mein Kommando, welches mein Hund so noch nie von mir gehört hatte.

Ich merkte, dass ein sehr starker und ausgeprägter Suchwille bei uns dreien vorhanden war. Doch nach zehn Minuten kam die Einsicht: „Die finden wir jetzt halt leider nicht. Der junge Hund findet sie auch nicht. Wir brechen ab."

In diesem Moment streckte Diana Ihren Fang durch das umgekippte Beet von Schilfstengeln ins Wasser. Und sie zog tatsächlich die tote Ente aus dem Wasser.

Diana hatte die Ente um den Hals gepackt und brachte sie zu mir, während ich sie mit Rufen ermunterte zu mir zu kommen:

„Apport Ente. Brav."

Ein sauberer und reiner Apport war das natürlich nicht. Wasserhunde-Führer mögen mir meine Lobeshymnen verzeihen. Doch es war absolut genügend und erstaunlich für meine junge Schweizer Niederlaufhündin. Freudentaumelnd vor Glück und Stolz musste ich schauen, dass ich nicht selbst ins Wasser fiel.

Was für ein grandioser Wunderhund.

Gedicht und Jägerlatein über Herrchen und Hund

(Wolfgang Reinisch 1949)

Ein Jäger seinen Hund dressierte,
und ihn so lange motivierte,
bis derselbe einst sogar
dazu in der Lage war,
zu laufen über Wasserflächen
von Flüssen, Seen und auch Bächen!

Und als es wieder mal so weit,
das heißt vorbei die Jagd-Schonzeit,
da schloss sich dieser Jägersmann
einer Jagdgesellschaft an
welche zog, genau gesagt,
mit ihm auf die Entenjagd.

Der Jäger mit dem Wunderhund
gab dies nicht den Kollegen kund,
stattdessen freute er sich drauf,
wenn im weiteren Verlauf,
sein Hund sein Können stellt zur Schau
und jeder dann glaubt er sei blau!

Und als man an den Waldsee kam
Wo jeder seine Flinte nahm,
und eine Ente man aufscheuchte,
welche fliegend gleich entfleuchte,

da legte jeder Jägersmann
gezielt auf diese Ente an.
Dann knallten plötzlich 15 Schuss,
und wie es denn so kommen muss

traf man die Ente ganz genau...
Es stoben Federn, schwarz, weiß, grau,
die Ente fiel aufs Wasser tot
und färbte dort den See ganz rot!

Nun schlug des Dompteurs große Stund`
Mit seinem Wunderhund,
den er jahrelang trainierte
und welcher ihm nun apportierte,
die tote Ente, schwarz, weiß, grau
mit trockenen Pfosten, weil er schlau!

Wie staunte da die Jägerschar
Über den Hund, der trocken war,
obwohl derselbe mit Geschick
die Ente packte am Genick und mit ihr
übers Wasser lief,
welches zirka 20 Meter tief!

Nur einer aus der Jägerschar,
der offensichtlich neidisch war,
gab ungefragt und lauthals kund:
„Der ist wohl wasserscheu, der Hund!"

Weihnachtsfeier in der Hütte

Seit ich mich erinnern kann war der Stefanstag, der 26. Dezember, für die Weihnachtsfeier in der Jagdhütte reserviert. Die ganze Jägerfamilie kam zusammen, mit „Angehängsel" und den kleineren Kindern. Ein Weihnachtsbaum wurde aufgestellt und die Hütte war weihnächtlich dekoriert. Oftmals lag draußen Schnee und die Kinder konnten nachts Schlitten fahren. Ein Feuer brannte und manche Finnenkerze leuchtete und gab Wärme ab.

Der engagierte Hüttenwart war immer um ein feines Nachtessen besorgt. Tausenddank nochmals an dieser Stelle. Es wurden Weihnachtlieder gesungen und das gemütlich, weihnächtliche Beisammensein gab Verbundenheit, Halt, Wärme und Jägerfamiliensinn kam auf.

Diese vertraute Gemeinschaft ließ es zu, dass humorvolle Episoden und belustigende Vorkommnisse einzelner Jagdkameraden vorgetragen wurden. Es durfte herzhaft darüber gelacht werden. Jedem und jeder von uns, war schon etwas passiert, wovon nur einzelne wussten und jetzt durften es alle erfahren.

So setzte der Jägerkamerad seinen damals noch jungen Terrier-Welpen in die Dornen, um ihm Gehorsam beizubringen, zu dressieren und wohl abzuhärten. Als der junge Hund beim Kommando „Komm, hier!" nicht reagiert und gar zu winseln anfing, holte er ihn verständnisvoll einfach wieder aus den Dornen heraus. Sein großes Herz wurde ihm mit Applaus verdankt.

Der andere alte Jäger, zwischenzeitlich der Älteste von uns, war bekannt für seinen überaus langsamen Fahrstil. Ihm wurde erläutert, dass er ein versierter Jäger sei, der gar auf der Autobahn noch Wildzählungen mache und deshalb wohl der erste in der Autokolonne sei. Ein richtiger Jäger eben, nicht wegen der Aussicht, sondern wegen den Wildbeobachtungen so langsam unterwegs. Dass er beim letzten Jagdtag keine Munition mitgenommen hatte, kam jetzt auch schmunzelnd zur Sprache. Wenn er doch wenigstens nie die grüne Jägerkleidung vergesse, sonst könne er gerne Ersatz im Jagdhaus deponieren.

Der andere Kamerad könne mit seinem Auto, es war ein kleiner, alter Suzuki-Jeep im Wald nicht wenden, dafür enorm gut rückwärtsfahren. Mindestens einen Kilometer sei das gewesen. Deshalb hatte er die nächsten paar Tage eine schlimme Halsstarre gehabt, gab jemand zum Besten.

Der alte Fuchsjäger wurde auch gelobt, insbesondere seine Ehefrau. Dass sie ihn ab und zu zum Fuchsen schickt, ist uns bekannt. Neuerdings ludert Sie ihm die Füchse jetzt auch gleich noch an und schickt ihn sogar nachts auf den Fuchsansitz. Eigentlich geht das so: Sie sitzt an und wenn der Fuchs dann nach Mitternacht übers Feld schnürt, ruft sie ihren Jägermann. Dieser erlegt den Fuchs durch das bereits geöffnete Küchenfenster. Zwischenzeitlich hat er bereits zwei Füchse erlegt und in der Küche riecht es nach Patronenpulver. Weidmannsheil an ihn und seine Gattin.

Der alte Jäger Senior sei der Bachelor, weil er uns mit der Pflege des großen, rotblühenden Rosenstockes vor der Jagdhaus Türe mit schönen Rosen beglücke. Wem er wohl die nächste Rose verschenke, spekulierte man?

Die verbrannte Sommerbockpirsch. Ja, tatsächlich mir war das Auto ausgebrannt. Vollbrand kurz vor der Waldausfahrt. Feuerwehr und Polizei mussten informiert werden. Gelöscht werden konnte das Feuer nicht. Technischer Defekt wurde festgestellt. Die Staatsanwaltschaft sprach mich frei von jeglicher Schuld. Ein Vorfall, der von Amtes wegen untersucht werden musste. Der Schreck war groß, doch passiert ist nichts. Hund, Waffe und wenige Utensilien konnten gerettet werden und in sicherer Entfernung beobachteten wir, wie innert weniger Minuten das Auto vollständig ausbrannte. Mein Jagdkamerad, den ich telefonisch erreichen konnte, leistete mir geistigen Beistand und brachte mich Nachhause.

Die lustige Geschichte vom Jagdhund und der Rehleber wurde natürlich auch erzählt. Dass diese Leckerei nicht nur dem Hundehalter gut schmeckt und wo der Gehorsam des Hundes, denn nun geblieben sei, war die Pointe.

Auch ein Treiberkamerad wurde auf die Schippe genommen. Er wollte das blinde Fenster neben der Küche öffnen. Blind ist das Fenster, weil es gar nicht geöffnet werden kann, weil dahinter der Holzhaufen liegt. Trotzdem fragte er einen Kameraden, ob er ihm helfen könne das Fenster zu öffnen, es würde ihm nicht gelingen.

Ja und der Kamerad, der zwei unterschiedliche Schuhe trägt wird auch aufgerufen. „Die Füchse laufen dir mehrmals an den Jagdtagen über die Schuhe," so wird erzählt. Der eine Schuh sei schwarz und der andere Schuh sei braun, hätten die Füchse gejault. Humorvoll nimmt es der Kamerad und meint: „Ich habe im Auto noch so ein Paar."

Der Freilufthund wird diskutiert. So wird der braune Labrador genannt, weil sein Herrchen beim Abfahren die Heckklappe offenlässt und so nach Hause fährt.

Weil es draußen kalt ist, wird der andere Hund im Auto auf die Jagdjacke des Herrchens gesetzt. Der Hund ist so eifrig oder so hungrig, dass er einen Ärmel frisst.

Dieses Jahr war ein junger Jägerkamerad im Rotwildfieber. Junior findet einen Knochen im Wald. Er denkt sofort an verendetes Rotwild. Der Metzger überzeugt ihn dann aber, dass es sich um den Knochen von einem Kalb gehandelt hat.

Junior streicht mit weißem Kittel die Jagdhaustür. Da ihn zwei Eichelhäher akustisch nerven greift er zur Flinte und schießt. Das wird der Polizei gemeldet, die prompt wenige Minuten danach beim Jagdhaus parkieren und kontrollieren. Alles ist in Ordnung.

Nach dem zweiten Trieb am Morgen kommt die Jägerin mit «Chruseli» an den Sammelplatz. Ihr Hut ist oben dunkel angefärbt und ein feines Räuchlein steigt empor. Die Jägerin hat beim Marsch zum Standplatz die Kuhweide überquert und die Viehhüterleitung berührt und einen oder mehrere Stromschläge bekommen. Sie lächelt verschmitzt, als sie das hört.

Gedicht vom alten Weihnachtsmann

(Horst Winkler 1922-1991)

Er ist schon alt, der Weihnachtsmann
Und weil er sehr schlecht sehen kann
Hilft ihm die Brille wirklich sehr
Und ohne sie geht gar nichts mehr

Doch nun war plötzlich, welch ein
Schreck
Besagte Brille einfach weg
Er suchte sie, mal hier, mal dort
Vergeblich, sie war einfach fort

So ging er ohne auf die Tour
Die er seit Jahren ja schon fuhr
Die Elche kannten alle Ziele
Geschenke gab es auch sehr viele

An jedem war ein Zettelein
Für wen das Päckchen sollte sein
So wäre alles gut gewesen
Doch kann der Weihnachtsmann nichts
lesen

Er langte in den Sack und nahm
Was grad ihm in die Finger kam

Da wurden alle Augen groß
Was macht der Weihnachtsmann da
bloß?

Das Aftershave fürs Töchterlein
Das kann doch wohl nicht richtig sein
Der Modeschmuck gefällt dem Sohn
Nicht unbedingt, das ahnt man schon

Die Barbie-Puppe für den Vater?
Da macht Klein Lisa wohl Theater
Die Mutter kriegt ein Ballerspiel
Da wird der Spaß nun doch zu viel

Und Opa soll mit 80 Jahren
Nun plötzlich auf dem Skateboard fahren?

Der eine oder and´re ahnt
Das war wohl nicht ganz so geplant
Es wird auch schwer Kritik geübt
Was unsern Weihnachtsmann betrübt

Es also an der Brille liegt
Wenn man zum Fest das Falsche kriegt.

Von Böcken und Zurückgesetzten

Beim Ansprechen von Rehböcken zeigt das Lehrbuch, dass in drei Gruppen unterteilt wird.

In die Jugendklasse fallen die Jährlinge und die zweijährigen Böcke. Die Jährlinge sind noch ganz die Kitze. Oft stehen sie noch bei der Geiss oder folgen ihr. Ist es dann so weit, dass sie verjagt werden, tun sie sich mit ihren Geschwistern zusammen. Sie sind die ersten, die verfärben und wieder die rehbraune Decke tragen. Doch sind sie manchmal sogar bis Mitte Juni noch hoch im Bast. Sie sind schlank und wiegen aufgebrochen meist um die 10 kg. Alles an ihnen ist dünn. Der Träger, der Brustkorb, die Keulen... Auch an ihrem Verhalten sind sie ganz einfach zu erkennen. Sie sind noch nicht so erfahren und dadurch regelrecht dumm. So konnte ich einen jungen Bock im Bast mit einer blutigen Stange auf der Pirsch erlegen, welcher mich auf 60m entdeckt hatte. Da ich aber eigentlich auf dem Weg zu meinem Sitz war musste ich erst aufbaumen, den **Rucksack befestigen,** die Waffe von der Schulter nehmen, in den Anschlag gehen, spannen und erst dann habe ich ihn erlegt. Das alles hätte kein anderer Bock außer einem Jährling mitgemacht.

In der mittelalten Gruppe sind die drei- und vierjährigen Rehböcke. Diese Gruppe ist am schwersten anzusprechen und die meisten vermeintlich alten Böcke entstammen daraus. Die Mittelalten sind meist die auffälligsten im Revier. Sie strotzen voller Energie und sind viel unterwegs, um sich ein Revier zu sichern. Sie weisen schon deutlich mehr Masse als ein zweijähriger Bock auf, aber sind noch nicht wirklich kräftig im Körperbau. Der Träger wird nicht mehr ganz so hochgetragen und auf dem Blatt haben sich schon Muskeln gesammelt. Diese Böcke sind oft die typischen Sechser und sehen so aus, wie von einer Postkarte. Sie verfärben ihre Decke etwas später meist gegen Ende Mai, haben aber schon seit April verfegt.

Die letzte Gruppe ist diejenige der reifen und alten Böcke ab 5 Jahren. Hier wird es spannend. Jeder Jäger möchte am liebsten alte, interessante Böcke schießen. Doch das diese eher die Ausnahme sind, wird klar sein. Reife Böcke kann man mit einem Wort beschreiben, bullig! Sie haben einfach Masse und wirken wie Bodybuilder. Der Träger ist breit und stark, die Rosen fallen schon von weitem auf und auch das Gehörn Wachstum hat jetzt seinen Höhepunkt erreicht. Sie sind misstrauisch, sind sich aber gleichzeitig ihrer Stärke bewusst. Diese Böcke sind die Speerspitze einer Rehwildpopulation. Sie lassen sich am besten am Ende der Blattzeit jagen, da sie am Anfang ihre festen Geissen haben und diesen nicht von der Seite weichen. Alte Böcke sind in den meisten Revieren selten. Wer das Glück hat welche zu haben, sollte dies wertschätzen. Sie sind heimlich und vorsichtig. Der durchhängende Rücken und die Eselsohren sind oft Zeichen für einen alten Bock.

Ein Zurückgesetzter steht da!

Ab fünf Jahren kann man in den meisten Gebieten sagen, dass der Bock reif ist. Nach einem Alter von 6 Jahren setzen die Böcke zurück und sind nun wirklich alt.

Bei alten, reifen Böcken sitzen die Rosen dicht und meist seitlich verrutscht am Schädel mit viel Platz zwischen den

Stangen. Dachrosen sind hingegen kein signifikantes Ansprechmerkmal für einen alten Bock. Auch gute Jährlinge können Dachrosen haben! Mit zunehmendem Alter vergrössert sich der Rosenstockdurchmesser.

Es ist eine Kunst und braucht viel Erfahrung das Alter eines Rehbocks sicher zu bestimmen. Die Höhe und Stellung der Rosenstöcke können als recht aussagekräftiger Indikator für das Alter herangezogen werden. Hier gilt die Regel: je tiefer die Rosen auf dem Haupt des Stücks sitzen, umso älter ist der Bock.

Ein zweites Merkmal kann das Verfärben sein. Ein alter Rehbock verfärbt spät und ist anfangs Juni noch grau.

Vom Körperbau her ist beim alten Bock der Träger stark ausgebildet und wird fast waagrecht getragen. Der Körper ist gedrungen, die Vorderläufe stehen breit. Er hat einen Vorschlag.

Ein weiteres Merkmal ist das Schieben des Bockgehörnes. Der Rehbock versucht bekanntlich durch das «Fegen» den Bast loszuwerden. Er reibt dabei sein Geweih an jungen Bäumen, Sträuchern und Ästen. Die jungen Böcke verfegen dabei später als die älteren. Mitte März kann man alte Böcke schon ohne Bast beobachten. Wie der Merkspruch gut zusammenfasst: «Jung fegt vor alt, alt fegt vor jung.»

Der früheste Fegetermin, wirklich alter Böcke beginnt Mitte Februar, der späteste, insbesondere von Jährlingsböcken Mitte Juni. Der Zeitpunkt kann auch stark von der Witterung abhängen. Nach strengen Wintern fegen die Böcke später.

Da Gehörn wird jährlich abgeworfen. Manchmal, doch selten, findet man einzelne Rehbockstangen. Alte Böcke werfen bereits Ende Oktober ab, deshalb schieben sie früher.

Zusammenfassend kann man sagen, dass immer dann von Zurückgesetzten gesprochen wird, wenn die Rosen platt und breit sind. Gefegt ist schon im März und erst Mitte Juni verfärbt. Zurückgesetzte verlieren an Masse und es wirkt oft so, als ob sie einen kurzen Träger haben, da der Gewichtsverlust meist bei den Keulen anfängt.

Vielleicht hat mein über achtzigjähriger Jagdfreund Willy deshalb immer davon gesprochen, dass er nicht mehr gut auf den Läufen sei, wenn wir zusammen durch den Wald marschierten. Gott hab' ihn selig.

Sie treten deutlich nach Sonnenuntergang aus und sind wahre Nachtgespenster. Beim Brunftgebahren werden insbesondere die «Zurückgesetzen» von der mittleren Gruppe und den reifen Böcken stark bedrängt. Revierkämpfe sind keine Seltenheit. Es kommt zu Kämpfen, die oft Verletzungen mit sich bringen. Manchmal kann die Keilerei gar zum Tod führen.

Meine Jagdkameraden mögen mir verzeihen, wenn ich sie jetzt jagdlich in diese drei Gruppen unterteile. Doch in der ersten Gruppe sehe ich keinen von ihnen.

Der lieben Gerechtigkeit willen, gilt das nächste Kapitel dann wohl mir.

Von Galtgeißen

Geißen haben bis im September Schonzeit. Das ist nachvollziehbar, ziehen sie doch ab April/Mai ihre Kitze auf. Nur der Schmalrehabschuss ist ab Mai möglich. Schmalrehe sind die letztjährigen weiblichen Kitze. Die sind noch zu jung für Nachwuchs und lösen sich erst jetzt von den Geißen. Sie werden gar verstoßen, da sich diese ja nun um den Kitznachwuchs kümmern müssen.

Schnell verstreichen zwei Stunden auf der Pirsch oder beim Ansitz. Wie erwähnt beginnt am 1. Oktober die laute Jagd. Trotzdem ist es je nach Jagdgesellschaft möglich, mit der Kugel auf Ansitzjagd zu gehen. Die Wildabnehmer ziehen den Kugelschuss dem Schrotschuss sogar vor. Die Kugel sei sehr effektiv und der Wildbret Verlust geringer. Wer beißt schon gerne auf Schrotkügelchen aus Blei und beißt sich dabei womöglich noch eine Zahnfüllung oder Zahnwand heraus.

Bereits schießen die ersten Sonnenstrahlen durch den Blätterwald und lassen das vor mir liegende Stangengehölz aufleuchten. Für einen kurzen Moment wird es jetzt sogar noch ein paar Grad kühler, doch das Vogelgezwitscher hält mich bei Laune und insbesondere auch warm.

Inzwischen habe ich die Galtgeiß entdeckt. Sie wird von keinem Kitz mehr begleitet. Ich wusste, dass sie von den anderen Geißen und Böcken Abstand hält und wahrscheinlich kein Kitz mehr führt.

Sie hatte schon immer einen kaum wahrnehmbaren, doch leicht helleren Muffelfleck, gleich oberhalb des Windfanges.

Diese soll meine Auserwählte sein, und ich entschließe mich, sie wenn möglich in den nächsten Minuten zu erlegen. Schon acht Uhr. Die Sonne steht nun etwas höher und verbreitet eine angenehme Wärme. Wenn ich mich jedoch nicht bald beeile, muss ich riskieren, dass die Galtgeiß plötzlich und unverhofft aus meinem Gesichtskreis entschwindet. Somit ist der Augenblick gekommen, das Stück ins Visier zu nehmen. Doch noch sind meine Finger von der morgendlichen Kühle etwas dumpf und unbeweglich geworden.

Statt einen Moment zu warten, ziehe ich durch - und weg ist der Schuss. Die Geiß zeichnet stark, wirft sich zu Boden. Sie steht aber sofort wieder auf den Läufen, wendet und flüchtet durchs dichte Stangenholz. Es gelingt ihr jedoch nicht, das Dunkel dort zu erreichen.

Mit der Schussabgabe muss etwas nicht gut gegangen sein. Nun verhofft sie. Und endlich, sie bricht zusammen. Sofort lade ich nach, um für den Notfall einen zweiten Schuss abgeben zu können. Jetzt heißt es warten und beobachten. Mein Feldstecher zeigt deutlich, dass sie da zwischen den abgeasteten, dünnen Stämmen des düsteren Wäldchens auf dem weichen Waldboden liegt.

Nach wenigen Minuten baume ich ab. Bei der Geiß angekommen, kann ich mich überzeugen, dass das Gesäuge leer ist. Also eine galte Geiß, die keinen Nachwuchs mehr zeugen kann.

Wie bei den alten Böcken ist auch sie eine intelligente, scheue und erfahrene Waldbewohnerin. Sie sondert sich vom anderen Rehwild ab. Sie hat ihre eigenen Einstände, die sie gegen Eindringlinge verteidigt. Sicherlich ist sie etwas eigenartig geworden, verfärbt spät und hält sich im

Herbst eher am Rande des Rehsprungs auf. Sie ist erfahren und kennt ihren Einstand und ihren Wald.

Auch Galtgeißen setzen zurück, was sich am Gewicht und Habitus bemerkbar macht. Deshalb sollte man sie, wenn immer möglich, aus dem Wildbestand entnehmen.

Gedanken in eigener Sache:

Dann dürfte ich mich, rein jagdlich ausgedrückt, wohl auch als Galtgeiß bezeichnen oder ich müsste mich wenigstens so fühlen. Natürlich bin ich froh, wenn ich nicht zum Abschuss freigegeben werde.

Weidmannssprache frei übersetzt

Äsen/Äser: fressen/Maul

Abbaumen: vom Hochsitz steigen

Absehen: Markierung im Zielfernrohr

Ansprechen: Identifizieren was es ist.

Aufbaumen: den Hochsitz aufsteigen

Aufbrechen: auch rote Arbeit genannt. Herausnehmen der Innereien.

Austreten/Austritt: Wenn das Wild den Wald verlässt

Bast: Haut-/Haarüberzug beim Bockgeweih, wenn es wächst.

Blatten: Lockruf in der Brunftzeit

Blume: Stummelschwanz beim Hasen. Der Fuchs hat am Ende eine Blume

Bock: männliches Reh

Bringselverweisen: Nachsuche mit Hund, der Bringsel im Fang zurückbringt.

Brunft: Paarungszeit

Büchse: Gewehr für den Kugelschuss mit gezogenem Lauf für den Drall.

Decke: Fell vom Reh

Doppulieren/Dublette: zweiter Schuss

Einstechen: Beim Gewehrabzug, damit der Abzug weniger Widerstand hat.

Fähe: weibl. für Fuchs, Dachs, Marder

Fang: Mund von Hund, Fuchs

Fegen: Gehörn vom Bast befreien. Bock fegt an Sträuchern den Bast weg.

Galtgeiß: alte Geiß, nicht mehr zeugungsfähig

Haupt: Kopf vom Reh

Kanzel: geschlossener Hochsitz

Lampe: der Hase ist Meister Lampe

Lauscher: Ohren des Rehwildes

Lauf: Bein des Rehwildes

Letzter Bissen: Zweig für das erlegte Wild wird in den Äser geschoben.

Lichter: Augen

Löffel: Hasenohren

Lunte: Schwanz des Fuchses

Muffelfleck: Heller Fleck oberhalb des Windfanges

Nachsuche: Mit Hund verletztes/totes Tier suchen

Rute: Schwanz des Hundes

Schnüren: Der Fuchs schnürt, statt geht.

Schürze: weißes Haarbüschel am Hinterteil des weiblichen Rehes

Schweiß: Blut

Schweiß Halsung: Hundehalsband für die Nachsuche

Spiegel: Helles Hinterteil beim Rehwild

Spiegeln: durch das Fernglas schauen

Sprung: viele Rehe zusammen

Stecher: beim Abzug, damit der Schuss sanft löst.

Ricke: Geiß

Rote Arbeit: aufbrechen, Innereien entfernen

Rosen: Runde Platte, unten beim Gehörn

Verblenden: Stecken mit Säcken ins Feld stellen, damit die Rehgeiß durch Unruhe veranlasst wird, ihr Kitz zu holen, wenn gemäht wird.

Verhoffen: stehen bleiben

Windfang: Nase des Rehwildes

Und nun ein jagdliches Gedicht zum Üben der Weidmannssprache:

Der Weidmann, der zur Tränke schleicht

(Verfasser unbekannt)

Mit Halali und heiserem Gebell
erwacht er am Morgen und leckt sich das Fell.

So nennt er das Waschen. Dann wetzt er die
Hauer.
Und putzt sich die Löffel. Drauf äugt er genauer.

Und legt sich sein Haar in die frechste Tolle.
Das nennt er: er richtet sich seine Wolle.

Darauf erklärt er in hungrigem Ton:
Der trockene Lecker hänge ihm schon,

er möchte nun leise zur Tränke schleichen -
das ist das Kommando zum Kaffeereichen.

Des Mittags kommt er, wittert geschwind,
teils vor dem Wind, teils unter dem Wind

und röhrt: Was für weidlichen Fraß gibt es heute?
Ich möchte jetzt äsen, ich stehe auf Beute!

Hat er den Teller hoch aufgefudert,
so jault er: "Jetzt fühl' ich mich an geludert."

Und hat er - achjeh - das Geflügel gerissen
Und hält in den Fängen den saftigen Bissen,

dann schwillt ihm der Graser und obendrein
hängt er ihn noch tief in das Zielwasser rein.

Und wenn er gesättigt vom Tisch aufsteht,
dann sagt er nur schnaufend: "Mein Wams ist gefüllt." –

Kein Danke, kein Wort, dass es köstlich ge-
schmeckt,
dann heißt's nur die Läufe von sich gestreckt.

Nachwort und Danksagung

Wunderbare Erlebnisse in Feld und Flur prägen das Jägerdasein. Erlebnisse formen die persönliche Einstellung zur Natur mit ihren Kreisläufen. Gemachte Erfahrungen mit Mensch und Getier stanzen sich in die Seele und festigen im Laufe der Zeit den Charakter. Die Jagd ist eine der besten Quellen, aus der ich immer wieder schöpfen kann.

So danke ich allen meinen verstorbenen, bisherigen, jungen und alten und schliesslich auch zukünftigen Jagdkameradinnen und Jagdkameraden für die Erlebnisse, die sie mit mir geteilt haben und noch teilen werden.

Allen Jägerinnen und Jägern wünsche ich von Herzen viel Anblick, Weidmannsheil mit Hundegeläut und Hörnerklang.

Jägerin Daniela

„Ihr meint der Jäger sei ein Sünder,
weil er nicht oft zur Kirche geht,
im grünen Wald
ein Blick gen Himmel,
ist besser als ein falsch' Gebet."

(Wilhelm Busch 1932 – 1908)

 Daniela Adelheid Ammeter Bucher ist 1962 in Luthern, im Luzerner Hinterland, geboren. Sie lebt mit ihrer Familie im Luzerner Seetal.

In ihren Jugendjahren bereiste Sie die Welt. Beruflich war sie in der Finanzwelt und in unterschiedlichen Führungstätigkeiten engagiert und arbeitete aktiv in der Lokalpolitik mit.

Ihre Familie, ihre Freunde, ihre Schweizer Niederlaufhunde, die Natur, die Jagd und das Reisen sind wichtige Lebensinhalte. Durch ihre selbständige Tätigkeit erhält sie Flexibilität für Projekte, die wichtig geworden sind. Sie ist mit dem Motorrad, dem Auto, mit dem Segelboot, mit dem Kanu oder ganz einfach zu Fuß unterwegs. Ihre Schweizer Niederlaufhündin ist oft die treue Begleiterin. Berührende Erlebnisse, Lebensgeschichten oder Fantasien motivieren sie zum Schreiben.

Mit ihren Berichten und Veröffentlichungen möchten sie anderen Einblicke geben, Ansporn sein, zum Mitdenken anregen und Freude bereiten.

Erschienene Taschenbücher

Tausend Abschiede
– Eine Frau am Fuße des Napfes
Erschienen 2004, ISBN 3-8334-0796-4
Inhalt: Als ihre Mutter Agnes schwer krank wurde, hat sie sie begleitet. Im Abschied nehmen und im Sterben. Ihre Mutter wollte ein Buch schreiben. Sie hat es mit ihr und für sie geschrieben. «Tausend Abschiede» auf einer langen und doch viel zu kurzen Fahrt auf dem Strom des Lebens. Die Lebensgeschichte von Agnes Ammeter, die bis zum letzten Tag in die Ruder gegriffen hat und dem Leser mit vergnüglichen, besinnlichen und nachdenklich stimmenden Geschichten aus ihrem Leben, Mut macht...

Misstritte und Seitensprünge
– Die Schmeißfliege
Erschienen 2013, ISBN: 978-3-7322-3997-9
Inhalt: Dieses Buch ist anders als sie es erwarten. Es lebt von einer Prise Ironie und von vielen Doppeldeutigkeiten. Es ist eine Liebeserklärung an das Leben. Challiphoro, die Schmeißfliege begleitet die Wanderlustige bei der Querung durch die Schweiz...

Kanu Expedition Yukon
– 2022 Tagebuch einer Flussreise
Erschienen 2022, ISBN: 978-3-7568-1784-9
Inhalt: Wir sind 30 Tage mit dem Kanu unterwegs, 1200 Kilometer auf dem Eagle-, Bell-, Porcupine und Yukon-River zwischen Kanada und Alaska. Wir paddeln über dem nördlichen Polarkreis und überqueren den "arctic circle". Internet ist nicht verfügbar und für diese Zeit nehmen wir sämtliche Lebensmittel mit. Die gemachten Erlebnisse sind mit körperlicher Anstrengung verbunden. Die vielen Tierbeobachtungen geben Energie und Motivation während entbehrungsreicher und regengeladener Kanu Tage. Nach 10 Tagen sehen wir den ersten Menschen, nach 12 Tagen schaue ich das erste Mal in einen Spiegel.

Reisepartner gesucht
– Briefwechsel
Erschienen 2022, ISBN: 978-3-7568-3592-8
Inhalt: Reisepartner gesucht gibt den dreijährigen, digitalen Briefwechsel zweier Menschen wieder, die Reiseträume haben. Beide sind verheiratet, doch der Ehepartner ist nicht auf die Art reisen eingestellt und verfügt nicht über die zeitlichen Kapazitäten. Allein macht es definitiv keinen Spaß. Gehen die beiden nun zusammen auf die Reise, die sie im Briefwechsel geplant haben?

Gedichte, die mein Leben schreibt
Erschienen 2024, ISBN 978-3-7583-3210-81
Inhalt: Gedichte habe ich immer gemocht. Ab meiner Jugendzeit habe ich sie in Mundart oder in Hochdeutsch zu Blatt Papier gebracht und an bestimmten Anlässen vorgetragen. Sprüche und Lebensweisheiten habe ich ins Notizheft geschrieben oder eingeklebt. Dieses alte Notizheft ist mir letztens in die Hände gelaufen. Jetzt habe ich alles zusammengestellt. Schön, wenn sich Dinge verändern. Mein "sence of humor" hat sich mit dem Alter und der Erfahrung verändert. Schmunzeln kann ich alleweil. Ich freue mich, wenn Dich beim Lesen die Muse packt und Dir die Zeilen ein Lächeln ins Gesicht zaubern.